KB146620

플라스틱맨

백민석

플라스틱맨

백민석
장편소설

PIN
028

차례

PIN
028

플라스틱맨

백민석

1부

플라스틱의 우아한 기원

스트레칭 폼롤러나 아이폰 케이스에 쓰이는 플라스틱은 보기보다 우아한 어원을 가졌다. 어원은 플라스티코스plastikos, 틀에 넣어 만들다라는 뜻의 고대 그리스어다. 여기서 다시 플라스티쿠스plástĭcus, 빚어서 만드는 조각가라는 라틴어가 유래했다. 산업용 재료로서의 플라스틱은 1907년, 코끼리의 상아를 뽑아 만들던 당구공을 합성수지로 제작하기 시작하면서 쓰이기 시작했다고 한다.

성형수술plastic surgery도 같은 어원을 가졌다. 원하는 틀에 맞춰 정교하게 신체를 다시 빚어내는 이 값비싼 외과 기술자가 우리 몽마르트 마을엔 셋이나 산다. 마을의 어떤 이웃들은 가전제품 기술자보다 성형수술 기술자를 더 즐겨 찾는다. 목련정원 집 할아버지와 할머니는 다정하게 손을 잡고 성형외과에 점을 빼러 다니신다. 로트와일러 집 아들은 양악 수술을 했고, 하이디 고모는 쌍꺼풀 수술을 했고 동네 친구들과 함께 피부 관리를 받으러 다닌다. 와인캡틴 아저씨도 아프가니스탄 전쟁에 참전했다가 포대 자루처럼 터져나간 얼굴 탓에, 전쟁이 끝난 지금도 주기적으로 성형외과를 찾아 보정 수술을 받는다.

플라스틱은 열을 가하면 무엇이든 만들 수 있을 정도로 유동성을 갖게 되지만 일단 굳으면 우주탐사선의 부품으로 쓸 수 있을 만치 단단해진다. 목련정원 집 할아버지는 아들 때문에 화가 나면 마치 플라스틱처럼 굳은 얼굴을 한다. 한번 굳으면 웬만해선 풀어지지 않는다는 점에서 할아버지 표정은 열경화성 플라스틱이다. 아들인 책방 아저씨도 아이들이 책방에 놀러 와 말썽을 부릴 때면, 절대 물러지지 않는 스트레칭 폼롤러 같은 표정으로 굽어본다.

프라이팬의 손잡이를 봐도 알 수 있듯이 플라스틱은 열전도율이 대단히 낮아 좀처럼 뜨거워지지도 않고 차가워지지도 않는다. 열전도율은 햇볕만 쬐어도 뜨거워지는 철이 40-50 정도다. 석면과 비슷한 아스베스트는 콘크리트보다 더 낮은 0.15-0.18의 열전도율을 가진다. 아스베스트가 쓰인 집은 옆집에서 불이 나도 한동안은 견딜 만하다. 아스베스트도 플라스틱의 한 종류다.

사람에게도 마음의 열전도율이란 게 있다. 보통 사람은 화가 나거나 창피한 일을 당하면 얼굴이 뜨거워지고 빨개진다. 크게 놀라거나 아찔한 일을 겪으면 피가 쑥 빠져나간 듯이 창백해지고 해쓱해진다. 얼굴색으로 우리는 마음의 온도를 짐작할 수 있다. 하이디 고모가 말하길 플라스틱은, 사람으로 치면 어떤 일에도 얼굴이 빨개지거나 창백해지지 않는 사람이다.

어떤 일이 닥쳐도, 어떤 상황을 맞닥뜨려도 얼굴색이 변하지 않는 사람이 있다. 그런 사람은 마음의 열전도율이 낮아 얼굴까지 전해지지 않는 사람이거나, 마음이 아예 없는 사람이거나, 플라스틱으로 만들어진 사람이다.

그 플라스틱이 어느 날 말을 하기 시작했다.

우편물

모두가 다 알게 된 건 2016년 말의 일이었지만, 그 전부터 몇몇 사람들은 플라스틱의 말을 전해 받고 있었다. 처음엔 그저 언론사에 근무하는 소수였다. 한 방송국의 피디는 자신이 USB를 받았다고 밝혔다. 그가 수수께끼 같은 우편물의 첫 번째 수취인이었다.

"언제였습니까?"

하 경감이 물었다.

"2016년 10월이었습니다."

"날짜는요?"

"봉투를 보세요."

하 경감이 증거물함의 우체국 봉투 더미를 잠시 뒤적이다 손을 거뒀다.

USB는 우체국 봉투에 들어 있었고 다른 내용물은 없었다고 했다. 겉봉의 보내는 사람 주소란에는 장난처럼 방송국의 구내식당 주소가 적혀 있었다.

"왜 USB를 열어보지 않았죠?"

"우리 부서가 한 주에 그런 USB를 얼마나 많이 받는 줄 아세요? 일일이 열어볼 수가 없어요. 바이러스 위험도 있고. 달랑 USB 하나에, 메모 한 장 안 붙어 있는 우편물을 왜 확인합니까? 저는 방송국 내규에 따라 제보 콘텐츠 보관소로 보냈습니다."

같은 시기에 다른 방송국의 뉴스 제작팀도 USB가 든 우체국 봉투를 받았다. 역시 USB 하나였고 다른 메시지는 없었다. 겉봉에는 제작팀이 애용하는 사우나의 주소가 적혀 있었다.

"사우나 주소라니, 이상하게 생각하지 않았어요?"

하 경감이 물었다.

"아뇨."

그 기자 역시 장난이라고 생각하고는 사내 규정에 따라 보관소로 보냈다. 방송국에 이어 신문사에도 우편물이 도착하기 시작했다. 한 신문사의 경제팀에서 USB를 받았다. 그 역시 USB를 열어볼 생각을 하지 않았다.

"경제팀엔 바이러스 투척이 유난히 많아요. 시장에 좌절한 사람들이죠. 형사님도 주식 하세요?"

하 경감은 아무 대꾸도 하지 않았다.

"보낸 사람이 좀 이상하긴 했어요, 저희가 잘 가는 중국집 주소였으니까."

기자는 그 우편물을 받았는지도 몰랐다. USB의 내용이 다른 언론에서 기사화가 되었을 때 그는 책상 한편에 수북이 쌓인 우편물들 사이에서 개봉도 하지 않은 우체국 봉투 하나를 찾아냈다. 그는 사내 문서가 잘못 왔다는 생각이 얼핏 들었다는 데까지 기억하고 있었다. 내용물은 역시 USB였고 보낸 주소는 같은 신문사 6층 교열부로 되어 있었다.

한 시사주간지의 기자가 유일하게 USB를 데스

크톱에 꽂아 열어보는 단계까지 갔다. 그는 2016년 10월 31일 월요일에 우편물을 받았다.

"폴더 이름이 좀 웃겼어요."

하 경감이 폴더명이 뭐였냐고 물었다.

"새 폴더요. 새 폴더는 폴더를 새로 만들면 자동으로 생성되는 이름이잖아요. 그걸 그냥 놔두는 사람은 제 주변에서 한 사람밖엔 못 봤는데…… 자기 옆에 누가 있어도 잘 인식을 못 하는 친구였어요. 사무실 안에 동료들이 가득해도 자기 혼자 앉아 있는 사람."

"발신자 주소는 어디었어요?"

하 경감은 알면서도 물었다.

"이 빌딩 뒷길에 일식당이 있어요. 회사에서 종종 회식을 하는 집. 그 집이었어요."

"폴더에 뭐가 들었던가요?"

"음성 파일이요. 이것도 절찬가요?"

"음성 파일은 어떤 내용이었나요?"

"대통령이 물러나지 않으면 시민을 한 사람씩 죽이겠다고 하더라고요."

기자의 목소리가 약간 격앙되었다.

"이번 주 금요일까지 청와대에서 물러나지 않으면 무고한 시민 한 명을 토요일에 살해하겠다고 했어요. 날짜를 특정하지는 않았지만 우편물이 도착한 주의 토요일은 2016년 11월 5일이었고요."

"그래서 그랬나요?"

하 경감이 물었다.

"그랬냐고요? 경찰이 그걸 왜 나한테 물어요?"

기자가 따지듯이 되물었다.

"조사해보긴 했죠……. 하루에 우리나라에서 살인사건이 얼마나 일어나나요? 두 사람 반 정도가 하루에 살인으로 죽어 나가잖아요? 그중 어느 게 그 괴상한 협박의 결과인지 기자인 내가 어떻게 알겠어요?"

기자는 하 경감을 쏘아보았다.

"그리고 자살로 위장할 수도 있으니 자살 통계도 봐야죠. 자살자는 우리나라에서 하루에 37명꼴이잖아요. 위장 자살은 교통사고가 더 쉬우니 교통사고도 더해야 하는데, 교통사고 사망자만 2016년에 하루 12명꼴이에요. 살인 2.5명 더하기

자살 37명 더하기 교통사고 사망 12명…… 11월 5일 하루에 불쌍하게 죽은 52명 중 협박으로 죽은 사람은 누굴까요? 그리고 꼭 죽은 날 발견된다는 보장도 없죠."

"11월 5일에 어디 있었어요?"

하 경감이 말을 끊고 물었다.

"회사에 잠깐 나왔다가 광화문 집회에 참가했어요, 촛불 들고. 형사님은 어디 있었는데요?"

하 경감이 갈피에 볼펜을 끼우고는 수첩을 덮었다.

"나도 거기 있었어요."

그 시사주간지 기자 덕분에 협박 음성 파일이 경찰에 알려지게 되었다.

하지만 파일의 내용은 여러 가지로 엉터리 같았다. 대통령더러 물러나라는 협박인데도 청와대로 보내지 않고 언론사로 보냈고, 누굴 어떻게 해치겠다고 특정하지도 않았다. 그저 이번 주 금요일, 토요일이라고만 한정했을 뿐 날짜도 특정하지 않았다. 날짜가 지나도 협박을 실행에 옮겼는지, 안 옮겼는지 알려오지 않았다.

그래서 11월 5일이 지나도 경찰은 누가 협박건으로 죽기는 했는지 도무지 알 수가 없었다. 경찰은 남는 인원을 돌려 11월 5일에 비명횡사한 사람들을 하나하나 조사했지만 협박과 관련이 있다고 확신할 만한 죽음은 발견하지 못했다.

그러면서 대통령이 사임을 하지 않으면 무고한 시민을 살해하겠다는 협박이 9월부터 있었다는 사실을 알아냈다. 적어도 11월 이전 한 달 반 동안 일곱 개 언론사에 USB가 보내졌다. 경찰은 그 한 달 반 동안 죽은 3000여 명을 신원부터 사망 확인서까지 일일이 다시 훑었다. 그렇지만 경찰은 그 서류 더미에서 뭘 알아내야 하는지조차 몰랐다.

일곱 언론사 중 USB를 열어본 언론사는 마지막 시사주간지 한 곳뿐이었다. 여섯 곳은 무시했거나 그런 게 왔었는지조차 알지 못했다. 뜯지도 않고 쓰레기통에 버린 언론사는 또 얼마나 될지 알 수가 없었다.

시사주간지가 처음 협박사건을 300자 분량으로 짧게 보도했고, 그 기사를 받아 인터넷 언론

두 곳과 일간지 세 곳에서 서너 줄짜리 단신으로 보도했다. 첫 보도는 그것으로 끝이었다. 그럴 수밖에 없었다. 대통령더러 물러나라는 요구는 새로울 게 없었다. 시민사회 전체가 대통령 탄핵과 하야를 요구하고 있었다. 온 언론이 대통령 이야기를 하고 있었고, 토요일마다 광화문에서 대규모 집회가 벌어졌다. 기사가 나갔지만 어디서도 화제가 되지 못했다. 한편 대통령은 시민사회의 퇴진 요구에 확답을 줬다, 차라리 탄핵을 하라고.

기사를 보고 동료 경찰 하나가, 요즘 멍청이들답지 않게 동영상 파일을 만들어 인터넷에 올리지 않았다고 칭찬했다.

"그 정도 머리는 있는 놈이라고."

"생긴 거에 자신이 없나?"

"요즘 그거 혐오 발언이야."

"인스타나 페이스북을 봐요, 못생겼다고 자기 얼굴을 안 올려요?"

"난 스크롤 내리다가 내 페친들 얼굴 마주치면 깜짝깜짝 놀라."

한편, 게을러터진 놈이라는 반응도 나왔다. 일

곱 개의 음성 파일이 똑같았기 때문이었다. 복사해 붙인 똑같은 파일로 한 달 반이나 협박을 반복하고 있었다. 대통령을 쫓아내는 일이라면 이미 국회에서 탄핵소추를 논의하고 있었다. 국회에 맡기지 지가 뭘 하겠다고…… 하고 하 경감은 생각했다.

사건을 떠맡고 나서 하 경감은 음성 파일을 경찰청 과학수사대로 보내봤지만 쓸 만한 답변은 듣지 못했다. 실은 그 파일에서 어떤 정보를 얻었으면 하는지 명확히 요구하지도 못했다.

"남자야."

증거분석계의 담당관이 말했다.

"그럼 그 목소리가 여성이겠어요?"

하 경감이 중얼거렸다.

"그럴 수도 있지."

"연령대는요?"

담당관은 20대 후반에서 30대 초반일 것이고, 서울 말씨에 대학도 서울에서 나왔을 거라고 했다.

"녹음은 어디서 했을 것 같아요?"

음울한 목소리로 하 경감이 다시 물었다. 벌써부터 이 업무에서 손을 떼고 싶었다.

"동굴?"

"아, 좀."

"목소리가 울리는 걸로 봐선 욕조에 누워서 때를 불리다가 장난삼아 녹음한 것 같지 않아?"

담당관은 계속 하 경감을 놀렸다.

"선배, 이건 일이에요. 그래 욕실에서 녹음했다고요?"

"욕실은 아닌 것 같아."

담당관이 가라앉은 목소리로 말했다.

"그러기엔 울림이 너무 작잖아."

"그럼 어디라고?"

담당관은 주변에 소음이 없고, 목소리가 울릴 만큼 장애물이 없지만, 욕실보다는 큰 공간일 거라고 했다. 그리고 밀폐된.

"빈집? 빈 아파트?"

"지하실도 될 수 있지."

하 경감은 수첩에 대화 내용을 끼적이고는 흥미를 잃었다는 투로 물었다.

"어떤 놈인 것 같아요?"

"말했잖아, 남자, 젊고 서울 출신에…… 음, 성격을 말하는 거라면, 프로파일링은 내 전문이 아니잖아."

하 경감은 경찰청에 친분이 있는 범죄행동분석관이 없었다. 아는 수사관에게 부탁한다고 답답한 상황이 풀릴 것 같지도 않지만.

"네 느낌을 따라."

그 말에 하 경감은 피식 웃었다.

"웃어? 하 경감, 그놈이 말한 그대로 수첩에 옮겨 적고 어디 화장실 같은 데 들어가서 그놈이 한 그대로 읽어봐."

하 경감은 화장실 좌변기 칸에 10분쯤 들어가 있다 돌아왔다.

"왜 이놈 목소리에 억양이 없죠?"

하 경감은 협박범이 협박 내용을 적어놓고는, 아라비아숫자 나열해놓은 것을 쭉 내리읽듯이 읽은 것 같다고 했다. 말투와 말의 내용이 무관하게 따로 놀았다. 퇴근하며 마트에 들러 장 볼 거리 메모한 것을 읽을 때 목소리 같았다. 대통령더러 물러나라는 말을 생물 삼치 두 마리, 시민 한 명을 살해하겠다는 말을 크림치즈 한 통 하듯 말하고 있었다. 처음 보는 외국어를, 발음기호만 보고 읽고 있는 느낌이었다.

"왜 이놈 목소리엔 아무것도 없죠?"

"그걸 이제 알아내야지."

시사주간지에 기사가 나가고 그 다음 주 월요일에 두 번째 USB가 도착했다. 이번엔 우편물에 변화가 있었다. 협박범은 협박이 통하기 시작했다고 생각했는지 새로 녹음한 파일을 보내왔다. 기사를 잘 봤고 자신의 기대에는 미치지 못했지만 다시 한 번 기회를 주겠다는 내용이 덧붙여졌다.

다른 내용도 있었다. 자기가 한 말을 토씨 하나 고치지 말고 그대로 잡지에 실으라는 요구였다. 아무 논평도 하지 말고. 시사주간지 쪽에서는 회의 끝에 그 협박이 애들이 끼적거려놓은 낙서 같다고 결론 내리고 싣지 않기로 했다.

새 음성 파일에서는 날짜를 특정했다. '11월 18일'까지 대통령이 물러나지 않으면 '19일' 토요일에 무고한 시민 한 명을 살해하겠다고 했다. 기자는 USB를 경찰에 넘겼고, 경찰은 다시 허둥지둥 봉투와 USB에 남아 있는 흔적을 쫓았다.

역시 알아낸 건 없었다. 지문이나 머리카락도 없었고, USB는 어디서나 흔히 살 수 있는 샌디스크 제품이었고, 무슨 기기로 녹음했는지 어림짐작도 할 수 없었다. 발신자 주소는 전처럼 일식당이었다. 우편물의 소인은 서울중앙우체국이었다. 서울 종로구 어디에서나 우편물을 우체통에 집어넣으면 그 소인이 찍혔다.

11월 19일이 지나갔다. 19일 24시간 동안, 살인으로 셋, 교통사고로 11명이 죽었고 35명이 자살했다. 경찰은 그 49명 중 누가 협박의 희생자일지 가늠조차 할 수 없었다. USB를 담은 우편물이 매주 오지는 않았다. 하지만 늦어도 약속은 지킨다는 신조가 있는지 열흘 후에라도 오기는 왔다. 경찰은 협박에 인터넷을 이용하지 않을 정도로 똑똑하면서도, 매번 똑같은 협박 파일을 두 달째 보내고 있는 어떤 게으른 놈이, 그저 농담을 지껄이고 있는 것이기를 바랐다.

여자 대통령

하 경감은 11월의 마지막 토요일인 26일에 협박범의 새로운 음성 파일을 들을 수 있었다. 그러고는 혼란스럽고 삭막한 기분이 되어 저녁에 광화문으로 나갔다. 낮에 막내 조카에게서 마을 이웃들과 촛불집회에 나간다는 카카오톡 메시지가 왔었다. 그녀는 조카를 찾아 함께 촛불을 켜고 있다 집에 데려올 생각이었다.

협박범은 자기 요구가 무시되자 이래선 안 되겠다고 생각했는지, 다시 새 파일을 녹음해 보냈다. 그는 열의 없이 원고를 읽어 내려가듯 했고 목소리는 45초 만에 사라졌다. 인간의 감정이 느껴지지 않는 게, 플라스틱에 입이 달려 말을 한다면 저러겠지 싶은 목소리였다. 내용은 전과 크게 다르지 않았다. 날짜가 달라졌고, 뜬금없이 들리는 몇 문장이 추가됐는데, 그게 마음에 남아 걸리적거렸다. 하 경감은 수첩을 꺼내 그 몇 문장을 받아 적었다.

11월 말의 축축하고 냉랭한 밤 시간이어서 하 경감은 뺨이 얼고 어깨는 움츠린 채로 조카를 찾아 나섰다. 손에는 종이컵에 담긴 촛불을 켜들고 있었다. 나라를 위해 낮에는 경찰서에서, 밤에는 광화문광장에서 뭔가 하고 있다는 자부심만 아니라면 좋을 게 하나도 없는 일상이었다. 세종문화회관 계단에 모여 앉아 있는 몽마르트 마을의 이웃들이 보였다. 조카가 한 손으로 빨강 피켓을 흔들며 한 손으론 그녀를 향해 촛불을 흔들었다. 그녀는 사람들 사이를 헤치고 길을 건너 조카 옆에 섰다. "어둠은 빛을 이길 수 없다, 거짓은 참을 이길 수 없다……." 집회는 곧 끝났다. 그녀는 집회를 마무리하는 노래까지 따라 부르고는, 청와대 쪽으로 행진하는 행렬을 뒤로하고 이웃들과 광장을 빠져나왔다.

"옷 좀 든든히 입지 그러셨어요?"

하 경감이 백미러를 바라보며 물었다. 뒷좌석에는 문방구 할머니가 다른 이웃 셋과 다닥다닥 엉덩이를 붙이고 앉아 있었다. 할머니는 젊었을 무렵의 추위에 비하면 이건 추위도 아니라고 호기롭게 말했다.

하 경감은 신호를 기다리며 코트에서 수첩을 꺼내 펼쳤다.

"피치, 이게 뭔지 알겠어?"

하 경감은 아까 음성 파일을 들으며 받아 적은 메모를 조카에게 읽어주었다.

"「여자 대통령」이잖아요."

뒷좌석의 공차 카페 사장이 피치 대신 대꾸했다.

"뭐요?"

"노래요."

"맞아요, 우리나라 대통령도 이제 여자분이신데……."

조카 학교의 수학 선생님이 코맹맹이 소리를 냈다.

"여자가 먼저 키스하면 잡혀가는 건가? 이거."

하 경감은 그제야 협박범이 협박 끝에 대중가요 노랫말을 붙여 경찰을 조롱했다는 사실을 깨달았다. 그녀가 들어본 적이 없는 노래인 데다 협박을 읊을 때와 워낙 어조가 똑같아 노랫말이라는 생각은 할 수가 없었다. 경찰을 놀려먹고 자극하려고 장난을 친 것이다.

플라스틱맨

하 경감은 몽마르트 마을 입구 프랑스 가정식 레스토랑 앞에 이웃들을 내려주고 조카 피치와 집으로 돌아왔다. 소소하게 한 방 먹었다고 여기면 될 텐데도 꺼림칙한 기분이 집까지 따라왔다.

"알름 씨는 잘까?"

하 경감이 문 앞에 서서 속삭였다. 알름 씨는 그녀의 오빠였다.

"알름 씨는 잘걸."

피치도 속삭였다.

"클라라 씨도?"

클라라 씨는 그녀의 올케였다.

"클라라 씨는 아까 광화문에 간다니까 눈을 똥그랗게 뜨던데, 안 자고 기다리겠지."

둘은 키패드를 누르고 가만히 현관문을 열었지만 이미 클라라 씨는 앞에 와 서 있었다.

"엄마."

피치가 작은 새가 우는 것 같은 가냘프고 높은 소리를 냈다.

하 경감은 샤워를 하면서 욕실 문을 열어놓고, 휴대폰으로 「여자 대통령」이라는 노래를 들었다. 노래 가사 몇 마디가 정말 협박범이 웅얼거리듯 덧붙인 몇 구절과 비슷했다. 그녀는 사람 목소리가 들어 있는 음악은 잘 듣지 않았다. 경찰이 되고 나서는 더 그랬다. 비명과 울분에 찬 고함과 고약한 조롱을 매일처럼 듣게 되면서부터, 휴식 시간에는 색소폰이나 피아노 같은 악기 연주만 찾아 들었다. 협박범의 음성 파일에 존 콜트레인이나 마일스 데이비스의 연주 한 토막이 흘렀다면 아마 그녀가 알아들었을 것이다.

하 경감은 1층 주방으로 내려가 조카 피치와 햄치즈샌드위치를 만들어 먹었다. 그녀는 송로버

섯이 들어간 겨자소스의 톡 쏘는 맛을 좋아 했다. 조카가 떨어대는 수다를 그녀는 건성으로 들어 넘기며 주방 창문에 어리는 흐릿한 자신의 얼굴을 넋이 나간 듯 바라봤다. 창밖에서 어둠이, 자신의 창백하고 흔들리는 얼굴을 덮치고 있었다.

"하이디 고모, 내 말 들어?"

조카가 집에서는 피치고 오빠 내외가 알름과 클라라인 것처럼, 하 경감도 집 안에서는 하이디였다.

"응?"

"딴생각해?"

"응? 응, 플라스틱 남자."

"플라스틱 남자?"

피치가 물었다.

"응."

하 경감은 고개를 끄덕이곤 또 넋 나간 사람이 되었다.

화요일쯤 되자 몽마르트 마을 사람들도 플라스틱맨에 대해 알게 되었다. 기사가 저번보다 크게 났다.

"이런 자식이 다 있네. 박근혜가 하야를 안 하면 멀쩡한 사람을 죽인다고?"

알름 씨가 저녁 식탁에서 시사주간지를 흔들며 말했다.

"뭔데? 당신도 대통령이 제 발로 안 나오면 청와대로 쳐들어가겠다며?"

클라라 씨가 밥술을 뜨다 말고 고개를 들었다.

"박근혜 잡자고 애먼 시민을 인질로 삼을 것까지야……."

알름 씨가 주간지를 펼쳐 식탁 너머 클라라 씨에게 건넸다. 그녀는 보는 듯 마는 듯 훑어보다가 곧 정신이 팔려 기사를 되풀이 읽었다. 그러고는 아직 퇴근하지 않은 시누이에게 전화를 했다.

"아가씨, 아가씨는 별일 없지? 이 기사 좀 들어봐."

클라라 씨는 기사의 앞부분을 읽어줬다. 하 경감도 읽은 기사였다. 시사주간지는 이번엔 한 면을 꽉 채워 기사를 썼다. 협박범이 지난 9월부터 여러 언론사에 똑같은 협박 음성 파일을 보내고 있다며 협박범 얼굴 대신 USB 사진을 실었다. 그리고 협박범은 플라스틱맨이라 불리고 있다고 했다.

클라라 씨는 기사의 끝 문단을 큰 소리로 낭송했다.

"……경찰은 내부적으로 협박범의 신원이 밝혀질 때까지 임의로 '플라스틱맨'이라고 부르기로 했다. 기자 역시 10여 차례 파일을 반복해 들으며, 억양이나 강세가 없는 말소리에서 마네킹이 말을 한다면 저러지 않을까 하는 생각까지 들었다. 불쾌했다……."

"아가씨, 들었어? 플라스틱맨이래."

하 경감은 아, 언니, 그 별명, 내가 붙였어요, 하고 털어놓으려다 입을 다물었다. 가족이 겁을 먹을 수도 있었다.

"그러네요, 슈퍼맨의 아류가?"

클라라 씨는 전화를 끊고 주간지를 식탁 한편으로 치운 다음 식사를 마쳤다. 알름 씨는 평소처럼 찌개가 싱겁다고 불평하려했지만 아내의 표정을 보고는 입을 다물었다.

클라라 씨는 빈 그릇들을 싱크대로 옮긴 뒤 남

편을 훑겨보고는 2층 거실로 올라갔다. 알름 씨가 설거지를 하는 동안 그녀는 이웃들에게 전화를 걸었다. 시누이의 직업이 경찰이란 걸 이웃들이 알고 있어서 클라라 씨의 말은 묘하게 권위가 있었다.

기사를 쓴 기자처럼, 하 경감도 협박범을 생각할 때마다 불쾌했다. 사건이 그녀 담당이고 별명도 그녀가 붙였으니, 그녀는 깨어 있는 내내 협박범의 목소리를 떠올리고 있어야만 했다. 그녀는 사실상 하루 종일 불쾌한 느낌에 붙들려 있었다.

왜 불쾌한지 이유를 알 것도 같았다. 말하는 건 멀쩡한데, 살해 협박에 걸그룹의 노랫말을 붙여 읊고 있는데도 목소리에 표정이 없었던 것이다. 살아 있는 사람이 아니라 이미 죽어 생석회를 부어놓은 시체가 일어나 눈앞에서 복화술 쇼를 펼치는 느낌이었다. 하 경감의 귀에는 마네킹이, 플라스틱 인간이 떠들고 있는 것 같았다. '플라스틱맨'이라는 별명은 그래서 나왔다.

플라스틱맨에 대한 기사는 기대만큼 눈길을 끌지 못했다. 발행부수가 만 부도 되지 않는 주간지였다. 제보도 하루 두어 건에 그쳤다. 비슷한 말투에 비슷한 증오심을 품고 있는 사람을 알고 있다는 제보들이었다. 기사가 뜨지 못한 게 아쉬웠지만 실은 어떤 기사도 청와대에서 매일 터져 나오는 그 굉장한 이야기들을 앞지를 수가 없었다.

스튜디오의 사체

하 경감은 성수동의 스튜디오로 갔다. 그곳에서 토요일 18시에서 22시 사이에 사망한 사체가 일요일에 발견됐다. 토요일에 전국에서 네 명이 살해됐지만 서울에서 일어난 살인은 한 건이었다. 자살로 범위를 넓히면 서울에서만 15명이 자살했다. 그녀는 일일이 현장을 돌아볼 엄두를 내지 못했다.

성수동 스튜디오 건은 자살인지 살인인지 애매하다는 보고서가 119구급대와 지구대, 검시 조사관에게서 일치된 의견으로 올라왔다.

"문을 열어놨었어요?"

하 경감이 안내를 하는 지구대 경사에게 물었다. 그녀는 발목을 타고 저릿저릿 따라붙는 냉기를 떨쳐내려는 듯 빠른 걸음으로 스튜디오를 한 바퀴 돌았다. 올 12월은 유난히 추운 것 같았다. 형광등 스위치를 전부 올리자 스튜디오는 바깥 거리보다 더 환해졌다. 스튜디오는 폐쇄된 구두 공장을 사진작가가 사들여 화보 촬영을 위한 장소로 꾸민 곳이었다. 농구 코트만 한 넓은 면적이 기둥 하나 없이 시원스레 트여 있었다. 벽을 따라 패션 촬영에 쓰이는 것 같은 갖가지 소품들이 늘어서 있었다. 출입문이 마주 보이는 자리에 짙은 갈색의 나무 벤치가 있었다. 나무 널빤지를 켜서 쇠틀로 고정해놓은 벤치였다. 부식액을 뿌려 일부러 삭힌 흔적이 있었다.

"이 벤치, 조사해봐요."

하 경감이 경사를 돌아보며 말했다. 뒤를 따라오던 경사는 얼른 그녀의 엉덩이에서 눈을 들었다.

"어디서 몰래 떼어 온 게 틀림없다고. 이런 게 지금 어디 남아 있다고."

경사는 점퍼 속주머니에서 수첩을 꺼내 지시 사항을 적고는 휴대폰으로 벤치 사진을 찍었다.

"저것도 좀 알아봐요."

하 경감은 왼편 벽에 동물 박제처럼 걸려 있는 검은 토르소 마네킹을 가리키며 말했다.

"저런 디자인은 흔한 게 아냐. 세관에 정식 절차를 거친 건지도 알아봐요."

하 경감은 경찰대학을 다닐 때부터 주말엔 미술관에 놀러 다니곤 해서 토르소가 뭔지 알아볼 정도는 되었다. 머리 없는 토르소 마네킹은 빛도 미끄러질 듯이 매끈한 플라스틱 재질이었다.

하 경감은 쉴 새 없이 경사에게 메모할 거리를 던져주었다. 그녀는 벽 한편에 붙은 공구 걸이 베니어판을 가리키며 지문을 전부 떠보라고 지시했다. 경사는 질문 한 마디 없이 그 지시도 수첩에 받아 적었다.

"외풍이 왜 이렇게 센 거야? 사체는 봤어요?"

경사는 스튜디오 한 귀퉁이의 천장을 올려다봤다. 그쪽은 형광등을 전부 켠 지금도 침침한 베일이 드리워진 것처럼 그늘져 있었다.

"불 꺼봐."

경사가 형광등 스위치를 전부 내리자 스튜디오는 순식간에 어스름에 잠겼다. 햇빛이 들어오는 창문은 정면의 채광창, 오른쪽 벽의 창문 둘뿐이었다. 나머지 창문들에선 음울하고 흐릿한 빛줄기만 햇살의 잔영처럼 비쳐 들고 있었다.

사체가 있던 후미진 자리는 불을 끄자 기분 나쁜 어둠 속으로 더 깊게 물러나버렸다. 사망 시각엔 훨씬 더 어둡고 불쾌했을 것이다.

"목격자가 들어왔을 때 불이 켜져 있었대?"

하 경감이 묻자 경사는 보고서를 한참이나 뒤적이고는 다시 수첩을 뒤적였다. 그러는 동안 그녀는 사체가 있던 자리로 가 천장을 살펴보았다. 4미터 높이는 될 천장 아래 공간에 배관들이 어지럽게 얽혀 있었다. 가스나 냉온수 배관, 스프링클러 배관들이었다. 그중에는 목을 걸고 그네를 타듯 해도 끄떡없을 굵은 배관들도 있었다.

일요일 오후 스튜디오를 빌린 웨딩 촬영팀이 도착했을 때, 그 불쌍한 중학생은 천장의 배관에서 길게 늘어뜨려진 흰색 빨랫줄에 목이 걸려 있었다. 사체는 이미 치워졌지만 빨랫줄은 목숨을 파먹는 외계의 기생충처럼 아직도 늘어져 있었다. 예비 신랑은 현장을 보자마자 혼이 빠져서 신부를 버려두고 도망쳤고, 사진작가의 어시스트가 119에 신고를 했다. 빨랫줄은 이곳 스튜디오의 소품이었다. 반쯤 풀어 쓴 빨랫줄 한 타래가 뒷벽 캐비닛에 들어 있었다.

"전화해봐요. 기억하는 사람이 있을 거야."

하 경감은 사체를 발견했을 때 형광등이 켜져 있었는지가 중요한 단서라는 투로 경사를 재촉했다. 그녀가 처음 현장에 나갔을 때도 선임들이 이런 식으로 심술궂게, 의미 없는 일거리들을 던져주고는 귀찮게 구는 그녀를 떼어내곤 했다.

경사는 119구급대에 전화를 했고, 비번인 대원에게 다시 전화를 했지만 기억이 안 난다는 대답만 들었다. 경사가 관할 지구대의 출동 순경에게 다시 바쁘게 전화를 하는 동안, 하 경감은 빨랫줄에 아직 아이가 매달려 있는 것처럼 신중하게 움직 올가미를 살펴보며 한 바퀴 돌았다.

경사는 이번엔 검시 조사관에게 전화를 걸고

있었다. 하 경감은 올가미 가까이에 세워져 있는 사다리를 찬찬히 살폈다. 배관에 빨랫줄을 매고 목을 걸 때 썼을 사다리였다. 마지막 7단까지 뽑혀 있었다. 경사가 난처한 표정을 짓고 있자, 그녀는 사진작가의 어시스트를 찾아 전화해보라고 격려했다.

하 경감은 경사의 손에서 보고서 파일을 빼앗아 다시 읽었다. 세 보고서 모두 서로 다른 이유에서 자살을 100퍼센트 확신하기 어렵다고 적고 있었다. 119구급대는 보통의 중학생이 쓰기에는 복잡한 자살 방법을 선택했다고 했고, 지구대는 유서가 없고 출입문의 자물쇠를 애써 뜯고 들어왔다는 점이 이상하다고 했고, 검시 조사관은 목의 삭흔이 너무 적다고 했다.

경사는 결국 형광등이 켜져 있었는지 아무도 정확히 기억하지 못한다는 답을 머뭇머뭇 내놓았다. 하 경감은 그렇다면 이 스튜디오에서 불빛을 본 사람이 있는지 주변 주택가를 모조리 탐문해보라고 부드러운 목소리로 주문했다. 경사는 얼굴이 빨개졌다.

"사다리 한번 끌어봐요. 사다리에서 지문 떴지?"

하 경감은 경사가 사다리를 끌면서 크게 상체를 앞뒤로 흔들고 목에 힘줄이 솟는 것을 봤다. 빨랫줄 아래 사다리가 서자 그녀는 직접 사다리를 한 손으로 쥐고 흔들어봤다. 그러고는 배관에 빨랫줄을 맬 수 있을 높이까지 올라갔다. 그녀의 키가 중학생보다 15센티미터 정도 더 컸다. 중학생의 키로 배관에 빨랫줄을 매려면 끝 단 바로 아래 단까지 올라가 위태롭게 중심을 잡아야 했다.

자살이라면, 사망자는 움직 올가미에 목을 걸고 나서 어떻게 했을까. 목을 걸고 사다리에서 발을 떼야 했을 텐데, 이 무거운 사다리를 어떻게 밀어냈을까?

경사는 의미 없는 지시 사항을 처리하기 위해 서둘러 지구대로 돌아갔다. 하 경감은 이번에도 기대했던 것을 찾지 못했다. 플라스틱맨이 현장에 다녀갔다는 흔적, 중학생의 죽음과 관련이 있다는 증거는 없었다.

현장 검증은 끝도 없었다. 내일 아침엔 송파구

의 살인 현장에 나가봐야 한다. 영업시간에도 조명을 끄고 지내는 중고 오디오 수리점인데, 그 가난에 허덕이는 늙은 기술자를 누군가 늦은 저녁에 찾아와 살해했다. 용의자가 건물 안에 머물렀던 시간은 채 2분도 되지 않았다. 지난주 토요일 저녁에는 한 대학 남자 화장실 칸막이에서 여성 미화원의 사체가 발견됐다. 사인은 급성심근경색이고 외상은 없었다. 청소하러 들어갔다가 심장마비가 왔다고 볼 수도 있었다. 하지만 최초 발견자 대학생의 이력이 눈길을 끌었다. 강간상해 전과와 폭력 전과가 있었고 공군에서 불명예 제대했다. 그 전전주에는 일산의 한 병원 외래동에서 자살 현장을 조사했다. 자살자는 응급실에서 포도당 링거를 맞고는, 간호사들 말로는 "반쯤 미쳐서" 옥상으로 달려 올라가 주차장으로 뛰어내렸다. 법의학팀은 링거액을 의심하고 있다.

하 경감은 이런 식으로 지난 한 달 동안 산더미 같은 서류를 검토하고 하루가 멀다 하고 현장을 돌았다. 모든 사건이 플라스틱맨과 관련이 있는 것 같기도 했고, 모든 사건이 관련이 없는 것 같기도 했다. 해당 지역 관할 경찰서에서 사건들을 각각 수사하고 있었다. 그녀는 이들 사건이 플라스틱맨과 관련이 있는지 알아보기 위해 별도로 현장에 나가본 것이었다.

셜록 홈스의 사건

시사주간지 기자가 USB를 열어보고 신고를 한 지 일주일이 지나서였다. 서울경찰청 경비2과의 박 경정이 하 경감을 불러 협박사건을 설명해주더니, 잘해보라며 맡겼다.

"뭐 이런 일이 다 있나 싶을 거야."

그 일주일 동안 협박 음성 파일이 대통령 경호팀과 청와대 비서진 사이를 돌아다닌 모양이었다. 하지만 어느 누구도 이 사건을 진지하게 생각하지 않은 게 틀림없었다. 다만 아무 일도 일어나진 않겠지만, 엉뚱하게 일이 잘못되었을 때 책임을 질 사람을 만들어놓는다는 쪽으로 결론을 낸

게 분명했다.

“아직 일어나지도 않은 사건을 수사하라고요?”

하 경감은 볼멘소리를 냈다.

“안 일어나긴 뭐가 안 일어나? 협박사건이 일어났잖아.”

박 경정이 책상을 소리 나게 두드렸다.

“자네가 맡은 일은 확실히 하는 젊은이라고 들었어.”

하 경감은 누가 그런 음해를 했어요, 하고 묻고 싶은 걸 참았다.

“일단 의심이 드는 사건은 전부 살펴봐. 보고서는 간이로라도 꼭 작성하고.”

“팀도 없이 혼자 어떻게 합니까?”

“혼자가 편한 거야. 지원은 그때그때 현장에서 받으면 되지. 운전은 할 줄 알지?”

“혼자선 무리입니다.”

하 경감은 우겨볼 셈이었다. 선택권만 있다면 그녀는 요즘 같은 상황에서 조금도 대통령을 지키고 싶지 않았다.

“우리 일이 다 무리야!”

박 경정이 하 경감을 노려봤다.

"그 대신 넌 이 일만 해, 알았어? 이 일만!"

그렇게 해서 하 경감은 '셜록 홈스의 사건'을 맡았다. '셜록 홈스의 사건'이란 현장의 경찰들이 기피하는, 의미도 가치도 없는 황당한 사건을 부르는 경찰의 은어였다. 현장의 경찰은 바쁘니까 셜록 홈스나 불러서 시키라는 뜻이다. 대개 '셜록 홈스의 사건'은 해결해도 돌아올 공은 없어, 조직에서 밀려났거나 밀려날 예정인 경찰들에게 떨어지곤 했다.

"내가 셜록 홈스의 사건을 맡았네."

하 경감은 서울경찰청을 나오며 중얼거렸다. 그녀는 유능한 경찰은 아니었다. 하지만 맡은 일은 게을리하지 않는 젊은 경찰이었다. 덕분에 지금은 협박범에게 '플라스틱맨'이라는 별명까지 붙여주는 단계에까지 이르렀다.

해일

12월 10일엔 서울 연희동에서 뺑소니 사고가 있었다. 새벽 네 시, 연희동에서 남가좌동으로 넘어가는 언덕길에서 피해자가 횡단보도를 건너다 차에 치여 죽었다. 감시 카메라에 잡힌 뺑소니 차량의 사진 몇 장을 들춰보다가 하 경감은 손을 멈췄다. 피해자와 차량이 가장 가깝게 찍힌 사진의 초점이 눈에 띄게 흐렸기 때문이었다.

피해자는 으슥한 오르막 도로에서 횡단보도를 건너다 말리부 차량에 치였다. 하 경감은 교통안전과의 경찰들과 함께, 뺑소니 차량이 찍힌 연희동의 감시 카메라들을 거꾸로 훑어 차량의 동선을 짰다. 뺑소니 차량은 연희동 주택가의 골목골목을 돌며 25분이나 피해자의 뒤를 밟았다.

"차 같지가 않지?"

하 경감이 중얼거렸다. 강철로 된 검은 맹수 같았다. 술 취해 걷는 속도가 느려진 피해자 뒤를, 꼭 그만큼의 속도로 뒤쫓는 검은 형체는 보면 볼수록 섬뜩했다. 사러가 쇼핑센터 부근에서 피해자에게 검정색 말리부가 따라붙었다. 피해자는 주택가 골목을 어지럽게 가로지르고, 차량은 50미터 정도 거리를 두고 서행으로 피해자의 뒤를 쫓았다. 감시 카메라의 사각지대 때문에 군데군데 영상이 끊기기는 했지만, 검은 보닛은 매번 피해자의 등 뒤에서 살금살금 모습을 드러냈다.

전직 대통령이 둘이나 살고 은퇴한 정치가나 기업인 같은 명망가들이 사는 오래된 부촌 연희동이었다. 밤이고 새벽이고 늘 깨끗하고 조용하고 안전했다. 전직 대통령이 사는 골목에는 경찰이 경비를 서는 초소도 있었다.

하지만 피해자는 그 안전한 부촌을 벗어났다. 그러고는 남가좌동으로 넘어가는 언덕길로 방향을 틀었고 조금 걷다 횡단보도 앞에 멈춰 섰다. 도로에 다니는 차도 없는 새벽에 어떻게 횡단보도 신호를 지킬 생각을 했는지 그것도 신기했다.

말리부도 골목을 나와 차도로 들어섰다. 피해자와 50미터 거리였다. 신호가 바뀌었고 피해자와 차량이 동시에 움직이기 시작했다. 그 강철 맹수가 달려 나갈 때의 순간가속도는 감시 카메라의 초점이 흐려질 정도였다. 맹수는 빨랐고, 힘이 셌고, 먹이를 물자마자 허공으로 집어 던졌다.

하 경감은 차를 몰고 현장으로 나갔다. 언덕길은 대낮에도 교통량이 많지 않았다. 그녀는 사건 현장을 둘러보다가 차에서 내려, 인쇄해 온 감시 카메라 영상을 따라 뺑소니 차량의 동선을 되짚어 걸어 내려갔다. 낮은 담장에 둘러싸인 단독주택들이 고즈넉하게 잠들어 있는 주택가였다. 그녀는 인쇄물을 한 장씩 넘겨가며 딱히 무엇을 찾겠다는 의지도 없이, 이 골목 저 골목 찬찬히 둘러보면서 사러가 쇼핑센터까지 걸어갔다. 말리부가 처음 나타난 장소가 여기였다. 아마 이곳에서부터 피해자를 뒤쫓기 시작했을 것이었다. 짐작대로 번호판은 가짜였다. 쇼핑센터에서 흘러나오는 음식 냄새가 그녀를 자극했다. 부푼 쇼핑백을 다정하게 자동차 뒷좌석에 싣는 젊은 부부가 보였다. 아이 둘이 소리를 지르며 주차장 옆을 따라 달리고 있었다. 바람은 부는 듯 마는 듯했고 해는 빛나다 말다 했고 대기는 미지근했다. 아무런 위협도 느껴지지 않는 그윽한 분위기의 오래된 주택가였다.

하 경감은 감시 카메라 근처를 이런저런 생각을 하며 서성이다가 다시 거꾸로 동선을 되짚어 올라가기 시작했다. 탄핵소추안이 가결돼서 대통령은 몸만 청와대에 있을 뿐 물러난 것이나 마찬가지였다. 지난 주말 230만 명이 집회에 참가한 영향이었다. 플라스틱맨의 반응이 궁금했다. 상식적인 사람이라면 어디 한번 헌법재판소의 결정을 기다려보자고 할 것이다.

"언니, 길 다니면서 누가 따라오는 것 같을 때가 있어?"

하 경감이 문득 생각났다는 듯이 클라라 씨에

게 물었다. 씻고 주방으로 내려와 식탁에 앉았더니 밤 열 시였다. 어제도 이 시간에 식탁에 앉아 주방 창문에 비친 흐릿한 자신을 바라봤었다. 그제도 그랬고, 지난 한 달이 다 그랬다.

"아가씨, 난 외출도 잘 안 하는데."

클라라 씨가 식탁에 찐 고구마 한 접시와 우유 한 컵을 올려놓으며 말했다.

"길 말고, 집에 있으면 누가 자꾸 들여다보고 훔쳐보는 것 같지."

클라라 씨는 웃었다.

"회사에서 무슨 일 있었어?"

플라스틱맨이 아니더라도 위험은 사방에 널렸다. 토요일 새벽의 말리부 차량 같은 강철 맹수는 누구의 등 뒤에라도 따라붙을 수 있었다.

"하이디 고모, 누가 또 죽었어?"

조카 피치가 식탁에 팔꿈치를 얹고는 신난 목소리로 물었다. 피치는 아주 어렸을 때부터, 하 경감이 하이디일 때부터 베이비시터 역할을 해왔기 때문에, 하 경감보다는 하이디와 더 친했다. 무술 단증을 여섯 개나 따고 영국에 2년이나 유학을 다녀오고 경찰이 되고 얼마 전엔 노후대책이라며 사회복지사 자격증까지 딴 그녀지만, 피치에겐 여전히 하이디 고모였다.

하 경감도 피치와 단둘이 있을 때면 아직도 오빠를 알름 씨라고 부르고 올케언니를 클라라 씨라고 불렀다. 피치와 어렸을 때부터 하던 알프스의 소녀 하이디 놀이였다. 알름과 클라라는 둘만의 은밀한 암호 같아서 짜릿한 맛이 있었다. 모두 애니메이션 「알프스 소녀 하이디」에 등장하는 캐릭터다.

알름 씨에 의하면 하 경감은 중학생 때부터 교복이 싫다고 서양 여자애처럼 큰 챙 모자에 드레스를 입고 다녔다고 했다. 지금은 몸이 너무 커졌고 창피함을 알 나이도 돼서 입지 않지만, 여전히 침실 옷장에는 하이디 복장을 담아놓은 상자가 있었다. 알름 씨와 클라라 씨는 하 경감에게 남자친구가 없다고 아쉬워하고 있는데, 피치의 눈에는 하이디 고모에게 남자친구는 가망 없는 일이었다. 「알프스 소녀 하이디」 DVD 어디에도 하이디의 남자친구는 등장하지 않는다.

하 경감은 2층 자기 침실에서 창밖 거리를 한참 내려다보았다. 외국인과 법조계 사람들이 많이 사는 동네라, 길은 밝고 사각지대 한 구석 눈에 띄지 않았다. 주차한 차량들에서도 이상한 낌새는 느껴지지 않았다. 그녀는 두 겹 세 겹으로 자꾸만 흩어지는 유리창 속 자기 얼굴과 눈을 맞추려 애쓰다 불을 끄고 침대에 누웠다.

축축하고 비린내 나는 바닷바람이 얼굴을 쓸고 지나갔다. 두 발이 발목까지 검은 개흙에 묻혀 있었다.

차고 매정한 바람이 하 경감을 몰아붙이고 있었다.

하지만 하 경감은 피하고 싶지 않았다. 물고기들이 펄을 잔뜩 묻히고 팔딱거렸다. 그녀는 활어라고는 횟집 수족관에서밖에 보지 못했기 때문에 겉모습만으론 뭐가 뭔지 알 수 없었다.

뭐, 썰어놓으면 다 똑같잖아.

하 경감은 주워 담을 바구니도 없이 허겁지겁 횟감들을 주워 올렸다. 광어 비슷한 걸 주우면 병어 비슷한 게 흘러내렸다. 다시 우럭 비슷한 걸

집어 들면 놀래기 비슷한 걸 놓쳤다. 오른손으로 도미 비슷한 걸 잡으면 왼손에서 숭어 비슷한 게 떨어졌다.

멀리서 뱃고동 소리가 들렸다. 아니 뿌웅, 하는 뿔 나팔 소리를 들은 것 같았다. 하 경감은 겨드랑이와 두 손과 무릎 사이에 팔딱거리는 횟감을 끼우고는 갯벌 저 멀리로 눈을 돌렸다. 아니, 뿔 나팔이라기보다는 코르누코피아가 내는 소리 같았다. 신화 속 풍요의 뿔, 입을 대고 힘껏 불면 꽃과 과일이 쏟아져 흘러내렸다는 신들의 뿔.

바닷물이 물러간 검은 갯벌에 녹슨 바닥을 드러내고 배들이 누워 있었다. 그녀가 이제껏 알던 세상의 자연을 거꾸로 뒤집어놓은 것 같은 풍경이 펼쳐졌다. 산봉우리들과 골짜기들을 뒤집어 세상의 검은 뒷면이 드러나게 한 것 같았다. 그녀는 속이 뒤틀리고 욕지기가 치밀어 올랐다. 하지만 이상하게 기분은 가라앉았다.

하 경감은 잠 속에서, 태초 이후로 한 번도 심연 바깥으로 드러나지 않았던 풍경과 마주하고 있었다. 횟감을 놓칠세라 안달복달할 일이 아니었다. 방어와 도미쯤은 잊어도 좋았다.

그 풍경이 다시 빠르게 물에 잠기고 있었다. 다시 바다가 밀려오고 있었다. 검은 산봉우리들과 골짜기들이 흰 거품과 검은 소용돌이들에 뒤덮이고 있었다. 해일이 밀어닥치고 있었다.

도망가야 할 때였다. 하지만 역시 알프스의 소녀 하이디였다. 하이디는 꿋꿋이 버티고 서서, 어깨를 펴고 발랄하고 해맑은 요들로 해일에 맞섰다. 폴짝폴짝 가볍게 발도 굴렀다.

하이디는 요들송의 화창한 음표들 너머로, 검

은 해일이 일본 열도를 휩쓰는 장관을 바라봤다. 가고시마를 덮치고 후쿠오카를 지나 쓰시마섬을 삼키는 모습을 봤다. 해일은 계속 밀려들었다. 거제도가 시야에서 사라지고 덕유산 국립공원이 잠기고 곧바로 대전이 사라졌다. 해일이 그 모든 것을 덮친 시간은, 하이디가 요들송 한 소절을 부르는 시간보다 짧았다. 검은 해일은 평택을 집어삼켰고 과천이 사라졌다.

하이디는 우면산을 무너뜨리며 예술의전당을 쓸고 내려오는 거대한 검은 물의 해일을 보았다.

대법원 건물은 이제 보이지 않았다. 서리풀공원과 몽마르트공원도 검은 물그림자가 되어 사라졌다. 하 경감은 침대에서 버둥대며 칭얼거렸다. 눈물과 침이 얼굴을 뒤덮는 느낌에 질식할 것만 같았다. 알프스 소녀 하이디도 어렸을 때 이따금 잠이 든 채로 울며 발버둥치곤 했었다. 그럴 땐 엄마나 아빠나 오빠가 와서 깨워주었다.

하지만 이제 알프스의 소녀 하이디는 성인 하경감이었고, 악몽을 꿀 때마다 걱정하는 얼굴로 달려와 깨워줄 사람은 없었다. 그리고 그녀는 경찰이었다. 그녀가 가위에 눌린 사람들을 깨워줘야 했다.

이 세상에서 자기 의견을 갖는다는 것

다시 음성 파일이 담긴 USB가 도착했지만 하 경감이 기다리던 내용은 아니었다. 탄핵소추안이 가결되고 대통령의 권한이 정지되었어도 협박의 내용은 바뀌지 않았다. 시민사회의 요구가 받아들여졌다고 뿌듯해하지도 않았고 대통령이 물러날 날을 받아놓았으니 축하한다는 언급도 없었다. 파일의 수정 날짜를 보니 지난번 파일을 복사해 붙여넣은 것이었다. 대통령더러 물러나라고 9월부터 징징대던 놈이라면 이럴 수 없었다.

"이놈은 성의가 없어도 너무 없어요."

하 경감은 파일을 확인하고는 시사주간지의 김

기자에게 전화를 걸었다.

"왜요?"

"왜라니, 지난번 거 복붙해놓은 거잖아요?"

기자는 말이 없었다.

"확인 안 해봤어요?"

"범죄 증거물을 나더러 뜯어보라고요?"

하 경감은 한숨을 쉬었다. 세상에 그녀 혼자뿐이었다.

혹시 플라스틱맨이 탄핵소추안 통과 사실을 모르고 있는 건 아닐까, 하고 하 경감은 생각했다. 협박이 모두 쇼고 장난이었다면 모를 수도 있다. 몽마르트 마을의 이웃 중엔 이 난리가 나기 전까진 대통령이 박근혜인지도 모르는 이도 있었다. 어쩌면 협박이 기사화됐는데도 화제가 되지 않자 의기소침해져서 의지가 한풀 꺾인 것일 수도 있었다. 세상 누구나 자신이 얼마나 관심을 받는지 인터넷으로 실시간 확인이 가능했다. 놈도 포털마다 쑤시고 다니며 자기에 대한 반응들을 검색해볼 것이다. 하지만 지금은 누구도 부패한 대통령의 인기를 넘어설 수 없다. 사람들은 비난보다 무관심에 더 큰 상처를 받는다.

"뭘 바랐는데요?"

기자가 상냥한 말투로 물었다. 이례적인 일이었다.

"뭘?"

"그러니까 파일에 뭐가 들어 있길 바랐느냐고요?"

하 경감은 이 작자가 뭔가 도와주려는 생각을 하고 있다는 느낌이 들었다.

"코멘트. 자기 의견. 그러니까 탄핵 선고 때까지 기다려보겠다, 헌법재판소의 판단을 지켜보겠다, 아니면 법 따윈 엿이나 먹든지, 이런 등등……."

기자는 침묵을 지키다 입을 열었다.

"자기 의견을 가질 만한 놈은 아닌 것 같던데."

기자는 이 세상에 자기 의견을 가지고 살아가는 사람이 얼마나 드문지 아냐고 물었다. 협박범도 그저 남들이 대통령 쫓아내자니까 그게 역사의 소명인 줄 아는 어중이일 수 있다고 했다. 하 경감은 동의할 수 없었지만, 냉소적인 게 어쩐지 기자답다는 생각이 들었다.

"혼자 일하기 힘에 부쳐요."

하 경감은 혓말처럼 중얼거렸다.

"내가 고정으로 출연하는 유튜브 채널이 있어요. 우리 잡지사는 아니고, 일간지에서 운영하는 인터넷 방송국이에요."

귀가 솔깃한 말이었다. 기자는 이번 주에 출연해서 이 협박범의 음성 파일을 공개하면 어떻겠느냐고 했다. 이미 기사화가 된 사건이고, 신분이 기자이니 굳이 경찰의 의견을 물을 이유는 없었다. 그냥 자신이 이만한 호의와 책임감을 가지고 있다, 이런 걸 보여주려는 것 같았다.

그리고 수요일, 일간지 유튜브 채널로 플라스틱맨의 음성 파일이 공개됐다. 기자는 장난기 하나 없는 냉소적인 말투로 이 기이한 말투를 잘 들어보라며 블루투스 스피커를 틀었다. 휴대폰으로 재생했으면 목소리가 왜곡이 있었을 텐데, 방송국에서 쓰는 블루투스 스피커로 재생하자 원음이 선명하게 들려왔다. 대통령이 "다음 주 금요일까지 물러나지 않으면 애꿎은 시민이 또 죽는다"라는 밑도 끝도 없는 협박이.

기자는 음성 파일을 두 번이나 재생하고는 주변에서 이런 말투와 목소리를 가진 사람을 보면 경찰서로 제보 부탁드린다는 말까지 덧붙였다. 유튜브 진행자가 요즘은 이런 협박이 협박으로 들리지 않을 거라고 감상을 말하자, 기자는 진지하게 받아들여달라고 부탁을 했다. 아래로는 경찰 신고 전화번호가 노란색으로 깜빡거렸다. 하 경감은 전화를 해서 방송 잘 봤고 저녁이라도 사겠다고 했지만 기자는 깍듯하게 거절했다.

기대하지도 않았지만 제보 전화는 별로 늘지 않았다. 제보가 와도 내용을 들어보면 대개는 장난 같았다. 일단 음성 파일에서 얻을 수 있는 단서가 너무 없었다. 특이한 말투와 목소리, 두드러진 증오심뿐이었다. 하지만 그 정도로 대통령을 증오하는 사람들이, 매주 100만 명씩 전국의 광장에 모이고 있었다.

"봤을까, 응?"

하 경감이 사무실 컴퓨터 모니터를 두드리며 말했다.

"봤겠죠."

경찰청 경비2과에서 지원을 나온 박 경장이 대꾸했다.

"저 기자분 얼굴도 똑똑히 봤을 거예요. 어떻게 생긴 기잔지."

박 경장의 말에 하 경감은 뒤통수를 얻어맞은 듯이 멍해졌다. 김 기자가 처음 협박사건을 기사화한 이후로, 그는 플라스틱맨이 협박을 퍼뜨리는 매개 역할을 하고 있었다. 놈이 김 기자에게 USB가 담긴 우편물을 보내면, 김 기자는 그걸 경찰서로 보내고 때론 기사를 쓰기도 했다.

플라스틱맨이 김 기자가 어떻게 생겼는지 알고 싶었을까. 알고 싶었건 아니건, 어쨌든 이제는 김 기자의 생김새를 똑똑히 알게 됐다. 어쩌면, 비로소 자기 의견을 갖게 될지도 몰랐다.

"기자분도 범죄의 세계에는 서툰 거지, 사회부가 아니죠? 정치부죠? 나라면 적의 정체를 모르는 상태에서 내 얼굴을 까진 않겠어요."

박 경장이 경박하게 지껄였다.

"뭘. 이름 검색만 하면 다 나오는 기자 얼굴인데."

하 경감은 박 경장이 마음에 들지 않았다. 그녀는 박 경장이 경비2과 박 경정의 스파이가 틀림없다고 여기고 있었다. 혹시 친척은 아닐까. 그녀는 이 일을 맡긴 박 경정이 얼마나 원망스러운지, 박 경장이 경정과 성이 같은 것도 예사롭게 받아넘기지 못했다.

"내가 지시한 일은 다 했고?"

하 경감이 쏘아붙였다. 박 경장은 당황해서는 휴대폰을 열어 저장해둔 파일들을 보여줬다. 날짜와 관할 경찰서가 적힌 음성 파일들이 몇 개 정리돼 있었다. 그녀는 지난 10년 동안 경찰에 접수된 협박 사건들의 음성 파일을 찾아보라고 지시했었다. 알아봤자 딱히 소용이 없을 테지만 그래야 뭐라도 한 기분이 들 것 같았다.

"누가 경찰 업무를 아이폰으로 하랬어? 이거 해킹당할 수 있는 거 몰라?"

하 경감의 핀잔에 박 경장은 잰걸음으로 멀티미디어실을 뛰어나갔다.

우리는 이미 플라스틱맨을 알고 있다

지난 4주 동안 하 경감의 업무량은 두 배로 늘었다. 제보 전화까지 신경 쓸 여유가 없었다. 그래서 박 경장이 와서 맡은 업무는 주로 제보 전화를 받고 신빙성이 있는지 1차로 확인하는 일이었다. 하지만 보고서에 쓸 만큼도 성과가 없었다. 제보 전화를 받으면 한결같은 말이 들려왔다.

내가 플라스틱맨을 알고 있습니다.

하지만 무엇을 어떻게 안다는 것인지 확인하는 과정에서 대부분 걸러졌다. 전화를 받고 보면 플라스틱맨 이상으로 이상한 제보자도 적지 않았다.

"군대 내무반에 그런 병장이 하나 있었어요."

"협박범이 군대에 있었다고요?"

"네. 우리 내무반에 있었어요. 최 병장이요."

프로필을 보면 예비역일 가능성이 있었다.

"고양이 학대범이에요. 군대 내무반에서 고양이 한 마리씩 키우고 그러거든요, 심심하니까. 정서에도 좋고. 근데 형사분이 여자분이시라 모르는 부분이 있으실 거예요. 제가 군대 얘기 디테일한 데까지 일일이 설명하느라 힘든 거 감안해주시고요."

전화 내용은 그 최 병장이 내무반 고양이를 잡아다 빨래를 해서 빨랫줄에 널곤 했다는 이야기였다. 또 최 병장이 초소 근처에 덫을 놓아 오소리를 잡아서는 죽을 때까지 방치하기도 했다고 했다.

어떤 사람은 플라스틱맨과 함께 한 사무실에서 근무했다고 알려왔다.

"제가 예전에 다녔던 통신회사에 있었지 않았나 싶어요."

"있었나요, 아닌가요."

"그게 확실치가 않아요. 한 사무실에 있긴 했는데 부서가 달라서 꽤 떨어져 앉았거든요."

제보 내용은, 회선 모니터링팀 한구석에 늘 거북목을 하고 앉아 있던 친구가 있었는데 고개를 드는 법이 거의 없었다고 했다. 어쩌다 자리에서 일어나도 자세가 늘 구부정해서 눈은 발끝을 보고 있는 것 같았다고 했다.

"어느 날 문득 목을 빼고 사무실을 둘러보더라고요. 눈빛이 얼마나 음산하던지. 머릿속으로 뭔가 음모를 꾸미고 있는 사람 같았어요. 음험했어요, 음습하고……."

한 제보자는 직장 동료를 신고하기도 했다. 생긴 것도 멀쩡하고 행동거지도 깍듯한데, 회사에 가져온 외장하드를 열어보니 포르노 파일이 가득한 게 나쁜 놈이 틀림없다는 제보였다. 고등학교 때 자기보다 공부를 잘했던 친구를 신고한 제보자도 있었고, 애인을 채간 친구를 신고한 제보자도 있었다. 또 한 제보자는 학교 담임을 제보했다. 늘 남학생들한테 입조심해라, 행동 조심해라, 하고 여학생들에게는 미안하다고 하지 마라, 고맙다고 하지 마라, 하면서 정작 자기는 일부러 복도를 오가며 여학생들의 뒤태를 훑는다는 것이었다. 경찰로서 가만히 있을 수가 없어서 조회를 해봤는데 이전에 근무한 학교에서도 비슷한 신고가 들어온 이력이 있었다. 자기가 일하는 술집의 단골을 신고한 바텐더도 있었다. 밤 열 시면 와서 바 귀퉁이에 시무룩하게 앉아 있다 돌아가는 손님인데, 말수가 적고 특히 눈을 똑바로 마주치지 않는 점이 기분 나쁘다고 했다.

라이벌 조폭을 신고한 조폭도 있었다.

"이런 일을 할 놈이 아니란 거죠. 곱상한 게 머리를 땋고…… 헤어숍에 앉아 있어야 할 놈이란 거죠."

"머리 땋은 놈은 조폭 못 해요?"

"일단 계집애 같으니까요. 그리고 형사님, 건달이라고 해주세요. 형사가 예의가 있어야지. 그런데 그놈이 예사롭지 않은 게 남자를 좋아하는 거 같더라고요."

"남자 좋아하는 게 왜?"

"건달의 세계에서 남자는 한 종류뿐이에요."

"조폭 새끼가 가리는 것도 많네."

"뭐, 이년아, 이 쌍년……."

모두가 플라스틱맨을 알고 있다고 했다. **내가 살면서 한 번은 플라스틱맨을 만났던 것 같아요.** 하경감은 제보가 좀 믿을 구석이 있어 보이면 사진을 보내달라고 해서 인적사항과 함께 파일을 만들었다.

가장 인상적인 제보는 1980년 5월 광주에서 플라스틱맨을 봤다는 이야기였다.

"내가 80년 광주에 있었거든요. 아뇨, 포항이 고향이고 시민군이 아니라 계엄군 군의관. 아가씨는 고향이 어디지? 결혼은 했고? 여자 경찰들을 남자들이 싫어하더라고. ……17일 밤에 학생들을 연행하고 돌아와 점검을 하는데, 7공수여단 맨 뒷줄에서 유난히 하얀 얼굴 하나가 튀어나와 있는 거야. 그래서 가봤지, 17일은 아직 그렇게까지 진압이 심하지 않았거든. 근데 이놈은 곤봉이 피범벅인 거야. 랜턴을 비춰 보니 곤봉에 살점이랑 머리카락도 묻어 있고. ……평범한 심성을 가진 사람이면 아무리 계엄군이라도 임무가 끝나면

피는 씻기 마련이거든. 얼굴을 봤지. 얼마나 희멀겋고 얼음장 같고 백지장 같던지. 공수부대에서는 흰 얼굴이 나올 수가 없거든. 무서웠지. 내가 의대 다니고 군의관하면서 별의별 인간 같지 않은 얼굴들을 다 봤는데, 그놈만큼 소름 끼치는 얼굴은 본 적이 없었어. ……그러고 다음 날 밤에 점검을 하는데 7공수여단의 다른 소대 맨 끝에 또 그놈이 서 있는 거야. 소대를 바꿨나? 이상한 생각에 가봤는데 또 곤봉이 그 지경이더라고. 얼굴을 봤지, 얼마나 사람을 두드려 팼는지 얼굴도 피투성이야. 그래서 내가 넌 씻지도 않냐! 하고 버럭 소리를 지르고 막사로 쫓아 보냈지. 같은 놈이었어. 하룻밤 사이에 소대가 바뀔 수는 있지. 그래서 난 별 의심이 없었는데, 19일 밤에도 또 놈이 줄 맨 끝에서 한 발짝 비어져 나와 있더라고. 이번엔 3공수여단. ……소대가 바뀔 수는 있어도 작전 하다 소속 여단이 바뀌기는 어렵지. 놈의 대검을 불에 비춰 보니, 정육점에서 고기 써는 칼날로 저민 것 같은 살점이 길쭉하게 붙어 늘어져 있더라고. 놀랐지. 감염 우려가 있으니 어서

씻으라고 보냈어. 얼마나 무섭던지, 얼굴에 핏기가 없어서 더 무서웠어. ……그러고 20일에 발포가 있었지. 그 희멀건 얼굴이 20일 밤에도 또 엉뚱한 소대 줄에 가 서 있는 거야. 틀림없이 어제 그 자리가 아닌데, 그놈이 서 있더라고. 이번에도 나 보란 듯이 한 발짝 비죽이 튀어나와서. 내가 또 갔지. 이번엔 줄 똑바로 선 것이 맞느냐고 물을 참이었는데, 이번엔 곤봉에도 대검에도 피 한 방울 안 묻어 있더라고. 그리고 화약 냄새가 진동을 했지. ……내가 놈을 똑바로 쳐다봤는데, 1초 이상 쳐다볼 수가 없었어. 사람 죽인 얼굴이 그런 얼굴이란 걸 그때 처음 알았지."

하 경감은 그게 1980년 일 맞느냐고 물었다. 제보자는 그렇다고 했다.

"그러면 나이가 맞지 않는데요. 협박범은 그땐 태어나지도 않았을 거예요. 어떻게 봐도 1980년에 군대에 있을 나이는 아니에요."

하지만 제보자는 제 할 말만 했다.

"죽은 사람 얼굴은 봤어도 죽인 사람 얼굴은 본 적이 없었거든. 그런 악귀가 없어. 무서워서 내가 똥을 한 덩이 지렸지. 개는 무서우면 꼬리를 말지만 사람은 똥을 지려. 그러고 21일에도 그 얼굴이 또 다른 줄 맨 끝에서 나를 기다리고 있는 거야. ……틀림없어, 내가 무서워서 혼이 나가는 걸 또 보고 싶었던 게지. 22일 밤에는 또 소속이 바뀌었는지 11공수여단 자리에 가 있는 거야. 백지장 같은 얼굴을 하고. 그땐 이미 근거리에서 사람을 죽일 필요가 없었지. 23일 밤에는 얼마나 바빴는지 복귀도 안 했어. ……24일 밤에는 31사단 맨 뒷줄에 서 있더라고."

"어르신."

하 경감은 말을 끊었다.

"이곳은 협박범 제보를 받는 곳이에요."

"아가씨, 그놈은 늙지를 않아. 2016년에 다시 나타났다고 해도 하나도 이상하지 않다고. 나는 그 얼굴이 아가씨 앞에도 나타날 거란 얘기를 하고 있는 거야. 얼마나 끔찍한 얼굴인지는 봐야 알아."

"네. 제보 고맙습니다."

"글쎄, 이 아가씨야, 내 말 끝까지 들어! 광기는

나이를 먹지 않아, 늙지 않는다고! 대통령님이 아무리 잘못한 게 많아도 국민이 그러면 안 되는 거야. 근본 없는 것들이 하는 선동에 국민들이 넘어가서는 안 되는 거라고. 우리 영애님이 그런 대접을 받을 분은 아니잖아? 아가씨도 영애님 집안 덕에 밥 먹고 사는 사람 아니야?"

하 경감은 사과를 하고 전화를 끊었다. 그녀는 웃으려고 했지만 갈수록 기분이 상했다. 경찰이 되고 버럭 소리부터 지르는 사람들을 많이 봐서, 그녀는 평정심을 잃지 않기 위해 꼰대들의 특징을 적은 메모를 책상 눈 닿는 곳에 붙여놓았다. 꼰대란…….

1. 자기가 하는 말이 세상에서 가장 중요한 줄 안다.
2. 가장 중요하기 때문에 세상 사람 모두가 들어야 한다.
3. 가장 중요하므로, 한 글자도 빼놓지 않고 하고 싶은 말을 끝까지 다 한다.

꼰대가 나타나서 소리를 지르기 시작하면, 하

경감은 귀로는 꼰대의 호통을 흘려듣고 머리로는 책상의 메모를 떠올리며 끝날 때까지 받아 적기를 되풀이했다. 그러지 않으면 진정하기가 어려웠다.

흉포

하 경감도 살면서 한 번은 플라스틱맨을 만났다고 말할 수 있었다. 경찰이 되고 나서 처음 서울 강서 지역에 있는 지구대에 배치되었을 때였다. 그녀가 순찰을 돌고 돌아왔는데 취조실에 불이 켜져 있었다. 그녀는 습관적으로 다가가 창문으로 들여다봤다. 두 사내가 책상을 사이에 두고 마주 앉아 있었다. 한쪽은 평범한 체구에 체크무늬 셔츠에 청바지 차림이었고 한쪽은 어깨가 떡 벌어진 큰 체격에 갈색 슈트 차림이었다. 그리고 책상 저편에 테니스 시합 심판처럼 팔짱을 낀 그녀의 사수 정 경감이 서 있었다.

갓 배치를 받은 하 경감이라 아는 얼굴은 정 경감뿐이었지만 한눈에도 누가 피의자이고 형사인지 알 수 있었다. 말소리는 들리지 않았지만 책상의 두 사내는 대화를 나누고 있었다. 체크무늬 셔츠가 찡그린 얼굴로 떠들고 있는데 어느 순간 갈색 슈트의 표정이 험악하게 일그러졌다. 문밖에서 훔쳐보고 있을 뿐인데도, 그녀는 등줄기가 오싹해지면서 식은땀이 났다. 갈색 슈트와 눈을 마주친 것도, 말을 나눈 것도 아니고 그녀를 위협한 것도 아니었지만, 당장이라도 달려 나와 그녀의 목을 분지를 것만 같았다.

하 경감은 숨이 막혀와 헐떡이면서 그 자리를 피했다. 그녀는 사무실 책상에 앉아 놀란 숨을 진정시키며 보고서 작성에 열심인 척했다. 취조실 문이 열리는 소리가 나고 정 경감이 사무실로 들어섰다. 뒤를 따라 체크무늬 셔츠가 수갑이 채워진 채로 들어섰다. 갈색 슈트가 한 발짝 떨어져서 따라 나왔다. 갈색 슈트는 다른 순경 한 사람과 함께 체크무늬 셔츠를 끌고 지구대를 나갔다.

교대 시간이 되어서야 아까 그 갈색 슈트가 누

구냐고 물어볼 용기가 났다. 갈색 슈트는 범죄자가 아니었다. 같은 형사였다. 피의자인 체크무늬 셔츠를 관할 경찰서로 이송하기 위해 들른 것이었다.

하 경감은 그 갈색 슈트 형사를 다시는 만나고 싶지 않았다. 누군지 알고 싶지도 않았고, 그가 근무하는 경찰서로 발령 나는 일도 피하고 싶었다. 얼굴이 흉터 하나 없이 말끔하고 윤기까지 흘렀지만, 일단 표정이 무너지자 이제껏 본 적이 없는 흉포한 얼굴이 되었다.

"흉포……."

하 경감은 커피를 끓여 침실 창가에 서서 중얼거렸다. 벌써 10년 전인데, 그 형사는 아직도 형사를 하고 있을까. 기억을 자꾸 헤집다 보니 중학교 때의 교실도 떠올랐다.

항상 말이 없고 어딘가 모자란 아이였다. 맨 뒤에 앉아 선생님이 말을 시켜도 일어나서 고개만 숙이고 있었다. 체육시간에도 늘 뒤처져서 굼뜨게 움직였다. 학기 초에는 그런 행동이 빌미가 되어 학급에서 집단 괴롭힘의 대상이 되었다. 다른 이유는 없었다. 점심시간에 식판을 들고 가까이 가면, 테이블에 앉은 아이들이 저리 꺼지라고 이빨을 드러냈다.

아이들은 그 아이의 사물함에 요크셔 품종의 흰털 돼지 사진을 붙여놓고 책상에 민망한 낙서를 해 지우느라 진땀을 빼게 했다. 남중 학생과 만나고 다닌다는 소문을 만들어 퍼뜨리고는, 소문이 진짜인지 확인한다며 불러다놓고 어린것이 벌써부터 연애질이라고 때렸다.

집단 괴롭힘에 전염성이 있는지, 선생들도 그 아이를 따돌리기 시작했다. 그저 골칫거리를 떠안기 싫었던 것만은 아니었다. 선생들도 즐기고 있는 듯했다. 숙제 검사를 할 때 그 아이의 공책은 검사하는 시늉만 했다. 방학이 가까울 때쯤 해서는, 어떤 선생도 그 아이를 일으켜 세워 학습 내용을 묻지 않았다. 체육시간에 뛰다가 멈춰 서도 나무라지 않았다. 열외였다. 그 아이는 대만이나 중국에서 온 외국인 유학생 같았다. 아이들은 선생들까지 그 아이를 따돌리고 있다는 사실을 금세 눈치챘고 광분했다.

하 경감은 집단 괴롭힘에 끼지 않았다. 사실을 말하면 그녀도 비슷한 처지였다. 그녀는 휴일이면 동네에서 알프스 소녀 하이디 같은 복장을 하고 다녔다. 챙 넓은 모자에 하늘거리는 드레스를 걸치고 야유회를 나온 것처럼 신나서 뛰어다녔다. 그 소문이 났고 그래서 그녀도 놀림감이 되고 왕따가 된 지 오래였다. 그래도 그녀는 견딜 만했다. 그녀는 집단 괴롭힘을 모른 척하고 눈을 감았다. 그래서인지 어떤 괴롭힘이 있었는지는 선명히 기억하면서도, 그 아이의 이름은 지우개로 지운 것처럼 기억에 없었다.

그 아이의 얼굴은 더더욱 기억하지 못했다. 그 아이의 머리를 떼어다 윈도우 휴지통에 버리고 삭제를 해버린 것처럼 하 경감의 머릿속에는 얼굴이 남아 있지 않았다. 교복을 입은, 이상하게 축 처진 듯한 몸통까지는 기억나도 목 위쪽은 절대로 기억나지 않았다. 졸업하기 전에 그 아이가 전학을 가버린 탓에 졸업앨범에도 얼굴이 없었다.

그 아이는 자기 힘만으로 집단 괴롭힘을 끝냈

다. 여름방학이 지난 가을이었다. 학급 전체가 3층 창고에서 가을 운동회에 쓸 장비를 정리하고 있었다. 가면을 모아놓은 캐비닛 쪽에서 새된 비명이 들려왔다. 하 경감은 또 아이들이 그 아이를 괴롭히나 하는 생각이 들어 조립식 앵글 너머로 고개를 내밀었다.

눈에 보이는 건 하얗게 가을 햇살을 받고 있는 그 아이의 두툼한 등짝이었다. 흰 교복 셔츠가 팽팽히 당겨져 있어 평소의 후줄근한 느낌은 사라지고 없었다. 셔츠 옷깃에 가려 목덜미는 거의 보이지 않았다. 두 갈래로 땋은 머리카락이 그 짧은 목덜미 좌우로 드리워져 있었다. 꼼꼼히 땋지 못해 올이 풀린 실타래처럼 지저분했다. 그리고 먼지가 잔뜩 묻은 남색 치마 아래로 넓게 벌려 선 두 종아리가 드러나 있었다. 평소에는 물 먹은 스펀지같이 축 처진 느낌이었는데, 이상하게 그 순간만큼은 단단하게 날이 서 있는 느낌이었다.

그 아이의 종아리 사이로 창고 바닥에 주저앉아 뒷걸음치고 있는 학급 대표가 보였다. 학급 대표가 집단 따돌림의 주동자였다. 뒷걸음치는 학급 대표 주변으로 반 아이들이 기함한 얼굴로 늘어서 있었다. 지금 생각해보면 겨우 중학생들이었다. 아이들은, 그 짧은 중학생의 삶에서 경험할 수 있는 가장 경악스런 순간을 목도한 표정들을 짓고 있었다. 학급 대표는 교복 스커트가 벗겨지는 것도 모르고 부들부들 떨면서 창고 문까지 뒷걸음쳤고, 서늘한 그늘 속으로 반 아이들과 함께 사라졌다.

그 아이가 뭘 어쨌는지 하 경감은 알 수 없었다. 아무도 얘기해주지 않았다. 그 아이가 누굴 위협하는 소리도 못 들었고, 숨을 씨근대지도 않았고, 종아리처럼 날이 선 듯 힘이 들어간 두 손에는 아무것도 들려 있지 않았다. 가을 햇살은 따스하고 부드럽기만 했다. 정말 다행스럽게도 그 아이는 뒤돌아보지 않았다. 뒤돌아 어린 하 경감과 눈을 마주쳤다면, 그녀 역시 반 아이들과 똑같이 공포에 짓눌린 표정을 지으며 도망쳤을지도 몰랐다.

"내가 플라스틱맨을 알아요……."

전화를 받으면 제보자들은 항상 그렇게 말했

다. 하지만 늘 모른다는 사실로 통화는 끝났다. 그들은 플라스틱맨을 모른다. 하 경감이 그날 그 창고에서, 그 아이의 등짝만 봤던 것처럼.

하 경감은 빈 머그잔을 협탁에 내려놓고 침대로 돌아와 누웠다. 잠들기 직전에 기억 하나가 더 떠올랐다. 몽마르트 마을에 처음 이사 왔을 때 동네에 푸른 눈의 주정뱅이가 살고 있었다. 젊어서 한국으로 와 용산 철도기지창에 근무하다가 한국 여자와 결혼해서 귀화한 프랑스계였다. 한국식 이름도 있었다. 하지만 어쩌다 아내가 도망을 갔고, 직장도 잃고, 늘그막에 동네 주정뱅이로 살고 있었다. 하 경감이 다니던 초등학교는 집에서 2백 미터 거리였다. 그녀가 학교에 가다 보면, 슈퍼마켓 파라솔 아래 앉아 소주잔을 기울이며 퀭한 푸른 눈으로 초등학생들을 좇는 그를 볼 수 있었다.

한국말도 잘했다. 푸른 눈과 봄볕에도 타지 않는 흰 피부만 빼면 한국 아저씨들이나 다름없었다. 그 푸른 눈의 주정뱅이는 눈앞을 오가는 초등학생들을 가만히 지켜보고 있다가, 알아들을 수 없는 소리를 버럭 지르며 달려 나와 아이들을 낚아채려 했다. 팔을 잡아끌거나 끌어안고는 번쩍 들어 올리기도 했다. 그러면 아이들은 아프다고 비명을 지르고 놀라서 울었고 뿔뿔이 흩어져 사방으로 달아나기도 했다.

하 경감도 한 번 잡혔던 것 같은데, 어떻게 되었었는지 뒷일은 기억에 없었다. 어쩌면 어린 그녀의 공포심이 만들어낸 거짓 기억일 수도 있었다. 그녀는 자신의 기억을 그리 신뢰하지 않을 만큼 충분히 어른이었다.

그 주정뱅이는 어떻게 됐을까……. 하 경감은 잠에 빠져들면서 그동안 잊고 있었던 물음 하나를 끄집어냈다. 아직 죽지 않았다면 꼬부랑 늙은이가 됐겠지……. 몽마르트 마을은 서울에서도 제법 유명한 부촌이었기에 경찰이 사방에 있었다. 학교 앞에 어른들도 많았다. 요즘 그 짓을 했다면 소아성애자가 나타나 아이들을 잡아간다고 동네가 떠들썩했을 것이다.

"아가씨, 광기는 나이를 먹지 않아……."

꼰대 제보자가 떠올랐다. 미친 늙은 꼰대. 하

경감은 이제 거의 수면 상태에 접어들고 있었다. 근육이 이완되고 호흡이 느려지는 것이 흐려지는 의식 속에서도 느껴졌다.

하 경감은 잠에 빠져들면서도 생각의 한끝을 놓지 않았다. 흉포는 플라스틱맨의 특징이 아니었다. 플라스틱맨은 너무나 흉포해서 누구의 눈에나 띄도록 생겨먹은 놈이 아니었다. 그 정반대였다. 제보자들을 저마다 자기도 안다고 착각하게 만들 만큼 흔하고 평범하고 레디메이드 같을 게 분명했다. 공장에서 찍어낸 대량생산 플라스틱 마네킹 같은.

용의자 리스트

"크리스마스인 건 알아?" 알름 씨가 물었다.

하 경감은 성탄절 케이크를 한 입 가득 물고는 고개를 끄덕였다. 그녀는 현관으로 나가 신발장에서 겨울용 러닝화를 꺼내 끈을 고쳐 맸다.

"아가씨, 케이크 좀 쌌어요."

클라라 씨가 도시락 통을 가져다 곁에 놓으며 말했다.

"남자친구가 없으니까 회사에서 이런 날에도 불러내는 거 아냐."

남자친구……. 지금 가는 사건 현장의 피해자도 22세의 여성이었고 남자친구가 유력 용의자였다.

하 경감은 잠실 신천동으로 차를 몰았다. 지난 금요일에 온 눈이 가로수 밑동마다 쌓여 지저분하게 녹고 있었다. 몽마르트 마을의 주택 지붕에 쌓인 눈들은 아직 흰빛을 잃지 않았다. 토요일인 어제 24일 밤 신천동 PC방에서 사건이 일어났고, 그 장소 가까운 곳에 용의자의 주거지가 있었다.

하 경감은 남자친구는 없었지만 용의자 리스트는 있었다. 지푸라기라도 잡는 심정으로 그녀는 제보된 인적 사항들을 근거로 플라스틱맨 리스트를 만들었다. 정식으로 보고할 수 없는 그녀만의 용의자 리스트였다. 실은 용의자라고도 할 수 없었다. 제보된 이들 중 플라스틱맨의 프로필과 일치하는 인물들의 주거지 주소를 엑셀로 정리한 리스트였다. 분량은 두 장을 넘지 않았다. 그녀는 살인사건이 일어나면 리스트의 주소와 맞춰보고, 반경 2킬로미터 이내에 용의자가 살고 있으면 찾아가보기로 원칙을 정했다. 이번이 그런 경우였다.

플라스틱맨은 경찰 안에서 관심을 잃어가고 있었다. 허풍선이 취급을 받고 있었다. 윗선에서 사건을 종결시키지 않은 이유는 아직 대통령의 탄핵이 결론 나지 않았다는 사실, 오직 그뿐이었다.

이렇게 '셜록 홈스의 사건'이나 붙들고 있다가는, 하 경감은 연고도 없는 지방의 경찰서로 발령이 나든가 진급에서 밀려나 자의 반 타의 반으로 경찰을 떠나게 될 게 뻔했다. 그녀는 플라스틱맨이 앞에 있다면, 뭐라도 정말 해보든가 아니면 그 더러운 입을 다물라고 멱살을 잡고 소리라도 치고 싶은 심정이었다.

"메리 크리스마스입니다."

하 경감이 PC방 건물 앞에서 기다리고 있는 순경에게 말을 건넸다. 지구대에서 지원을 나온 당직 순경이었다. 건물 앞엔 순찰차 한 대, 순경 한 사람뿐이었다. 과학수사대는 벌써 다녀간 듯했다.

"PC방에서 원상복구해달라고 난리네요."

순경이 건물 안으로 안내했다. 사건은 중앙 통로에서 왼쪽으로 들어간 깊숙한 좌석에서 일어났다. 피해자의 시신은 이미 관할 경찰서에서 가져가고 없었다. 그녀는 사건 보고서의 사진들을 뒤적이며 의자에 남아 있는 혈흔과 비교해봤다. 의자에 둥근 모양으로 찐득하게 핏덩이가 말라가고 있었다.

성탄절 이브 밤이라 PC방엔 사람들이 많았다. 감시 카메라에 찍힌 사람만도 백 명이 넘었다. 피해자는 동행 남성과 들어와서는 50분이 지나 남성만 나갔다. 동행 남성은 검정색 롱 패딩의 후드를 눌러쓰고 있었지만 카운터 앞에서는 후드를 벗었고, PC방 프린터로 인쇄를 해도 알아볼 만큼 얼굴이 찍혔다. 동행 남성이 범인이 아닐 수도 있었다. 범행 순간은 감시 카메라에 찍히지 않았다.

"학생, 놀랐겠지만 부탁 좀 들어줘요."

하 경감은 카운터에 잔뜩 움츠러든 자세로 앉아 있는 아르바이트 학생에게 말을 걸었다.

"말 다 했는데요."

학생의 날숨에서 옅게 한약 냄새가 풍겼다. 우황청심환 같았다. 직접 챙겨 먹었을 리는 없고, 저쪽에서 얼쩡거리는 나이 지긋한 PC방 주인이 진정하라고 쥐여준 것 같았다. 하 경감은 휴대폰을 켜고 저장해놓은 플라스틱맨의 음성 파일을 틀었다.

학생의 표정이 점점 험악해져갔다.

"한 번 더 들을래요?"

학생이 반응이 없자 하 경감은 한 번 더 파일을 재생했다.

"이 목소리 들어봤어요?"

하 경감이 조심스레 물었고, 학생은 무섭게 눈을 치켜뜬 얼굴로 고개를 저었다.

"플라스틱맨이라고 들어본 적 없어요?"

학생은 묵묵부답이었다. 역시 플라스틱맨의 협박 사건은 대중의 관심을 거의 끌지 못하고 있었다. 하 경감은 감시 카메라에 찍힌 동행 남성의 사진을 내밀었다.

"이 남자 목소리 같지 않았어요?"

그러자 학생의 얼굴 한가득 경멸하는 미소가 떠올랐다. 정말 얼굴 전체로 하 경감을 비웃고 멸시하는 표정이었다.

"네. 아니네요."

한 마디만 더 건네면 학생이 가래침이라도 뱉을 것만 같았다.

하 경감은 사진을 챙겨 PC방을 나왔다. 그러

고는 순경과 함께 다섯 블록 정도 차를 몰아 어느 상가주택으로 갔다. PC방 건물에서 천천히 걸어서 20분이면 도착할 거리였다. 1층은 중국집과 배달 피자집이 들어서 있고 2층은 사무실들이 입주해 있었다. 그녀는 지린내가 옅게 풍기는 층계를 걸어 3층으로 올라갔다.

순경이 문을 두드리는 동안 하 경감은 용의자 리스트를 다시 훑어봤다. 제보자는 이 건물 302호에 사는 자기 사촌이 플라스틱맨이 틀림없다고 주장했었다. 나이는 스물아홉 살이었다. 대통령을 싫어하고 은근히 북한의 주장에 동조하기도 하고, 직장을 구할 생각은 없이 토요일이면 광화문 촛불집회에 꼬박꼬박 나간다는 제보 내용이었다. 무엇보다 말투가 재수 없다고 했다.

하 경감이 제보자에게 물었다.

"촛불집회에 100만 명씩 나오는데 그게 무슨 증거가 돼요?"

"입에 달고 다니는 말이 있어요. 이놈의 사회는 충격이 필요하다. 잠에서 깨어나야 한다. 박근혜는 대가를 치러야 한다. 청와대 앞길에 생피가 뿌려지는 꼴을 보게 될 거다……. 유튜브에 나온 협박하고 똑같죠."

제보자는 무슨 큰 비밀이라도 털어놓는 양 소곤소곤 목소리를 낮췄다. 하 경감은 한숨을 쉬었다. 이 나라는 '죽고 싶다'란 말과 '죽여버린다'는 말이 일상적으로 쓰이는 나라다.

"사촌 형제라며 굳이 이럴 필요까지 있어요?"

"제보하라면서요? 목소리가 똑같다니까요."

하 경감은 그렇다면 사진을 보내달라고 했다. 제보용 이메일로 고등학생 때 함께 찍은 사진이 들어왔다. 고등학생이라기엔 늙어 보였다. 그녀는 그 스물아홉 살 실업자 청년을 플라스틱맨 용의자 리스트에 올렸다.

하 경감은 용의자 리스트에 첨부된 청년의 사진과 PC방 동행 남성의 사진을 나란히 놓고 비교해보았다. 사진첩에 끼워져 있는 걸 다시 휴대폰으로 찍어 보낸 것이라 또렷하지는 않았지만, PC방 감시 카메라에 찍힌 동행 남성의 얼굴과 비슷해 보이는 얼굴이었다. 호리호리한 체형도 같았다.

청년은 차임벨도 망가져서 울리지 않는 상가주택 3층에 살고 있었다. 순경이 두드리기를 포기하고 문고리를 돌렸다. 덜컥덜컥하는 소리가 성탄절 정오의 싸늘한 상가주택 복도를 울렸다.

"딸 수는 없지?"

하 경감이 언 뺨을 문지르며 물었다.

"징계 먹어요."

순경이 문고리에서 손을 떼며 중얼거렸다.

"담당 형사님한테 영장을 받아달라고 얘기해볼 순 있어요."

하 경감은 고개를 저었다. 증거도 없고 혐의도 없이 영장을 신청할 순 없었다. PC방 사건의 용의자와 동일인이라고 특정할 수 없으니, 그저 사건 현장에서 반경 2킬로미터 안에 산다는 사실만으로는 혐의를 걸 수가 없었다.

"가봐요."

하 경감은 상가주택에서 나와 순경에게 말했다.

"예?"

"난 여기 좀 있다가 갈 테니까 차 순경은 돌아

가라고."

하 경감은 청년이 PC방 사건의 용의자는 아닌지 실물을 보고 확인하고 싶었다.

"차도 없는데요."

"버스 타고 가."

순경은 싸늘한 얼굴로 뒤돌아 가버렸다. 하 경감은 자기 차로 돌아가 운전석에 몸을 파묻었다. 딱히 잠복할 생각은 없었다. 그저 외출해 집을 비운 것이면 오늘내일 돌아올 것이고, 도망갔다면 집을 비우는 기간이 한참이나 길어질 것이다. 어쨌거나 한 번은 돌아올 것이라는 확신이 들었다. 그녀는 해가 떨어지자 차에서 내려 상가주택과 마주 보고 있는 슈퍼마켓과 세탁소에 들러, 저 3층 창문에 불이 들어오면 알려달라며 명함을 건넸다.

하 경감은 그길로 퇴근했다. 그녀는 토요일을 기다렸다. 제보자는 자기 사촌이 꼬박꼬박 촛불집회에 참가한다고 했다. 그녀는 다음 주 토요일인 12월 31일 새벽에 다시 상가주택 앞으로 갔다. 새벽 두 시, 체감온도는 영하 7도였다.

추적

하 경감은 한 해의 마지막 날을 추레하고 썰렁한 주택가 골목을 지켜보며 보냈다. 행인도 없고 음식점이든 술집이든 불 켜진 곳이 없었다. 24시간 편의점도 두 블록 뒤에 있었다. 불황의 억센 숨결이 이 골목까지 불어닥치고 있었다. 그녀는 차 안에서 한 시간쯤 소니 롤린스의 색소폰 연주를 듣다가 꺼버렸다. 2016년 마지막 날의 시침이 03시를 넘어 05시가 되는 동안 그녀의 몽롱한 의식을 깨울 만한 움직임은 없었다.

깜빡 잠이 들었다. 그러다 문득 눈을 뜬 순간 상가주택 3층에서 불빛 하나가 나타났다 사라지는 것을 봤다. 아니, 본 것 같았다. 하 경감은 몸을 곧추세웠다.

방광이 부풀고 있었다. 하 경감은 지구대에 전화를 걸어 지원을 요청했다. 한 시간쯤 지나 지난번 순경이 순찰차를 타고 나타났다. 아침 아홉 시였다. 순찰차는 순경을 내려주고는 골목을 나갔다. 그녀는 차에 올라탄 순경에게 저 창문만 뚫어지게 쳐다보고 있으면 된다고 일러주고는, 차에서 내려 화장실을 이용할 수 있는 빌딩을 찾아다녔다. 그녀는 돌아오는 길에 편의점에 들러 아침거리를 사 왔다.

"배고파요?"

하 경감이 차에 올라타며 순경에게 물었다.

"아뇨."

순경이 뿌루퉁하게 대꾸했다.

정오가 되도록 3층 창문엔 불이 들어오지 않았다. 낮이니 불을 켜지 않을 수도 있었다. 골목엔 행인들이 드문드문 다녔다. 슈퍼마켓과 세탁소도 문을 열었다. 오후 두 시가 되자 상가주택의 중국집과 피자집도 영업을 시작했다.

둘은 오후 세 시까지 차 안에서 라디오를 들었다. 순경은 힙합을 좋아한다고 했지만 하 경감은 자기 차를 그런 쓰레기로 더럽힐 수 없었다.

오후 네 시가 되자 3층 창문에서 다시 불빛이 반짝였다. 하 경감이 맞았다. 용의자는 새벽 내내 3층에 있었고, 이곳 잠실에서 광화문 촛불집회에 가려면 대충 이 시간에 움직여야 했다.

오렌지색 점퍼와 머플러로 상체를 싸맨 호리호리한 남자가 상가주택을 빠져나와 왼편 골목으로 들어섰다. 지하철역으로 이어지는 방향이었다. 먼빛이지만 PC방 감시 카메라에 찍힌 남성의 인상과 비슷하다는 느낌을 받았다. 순경은 연행하지 그러느냐고 했다. 하 경감은 무슨 혐의로? 하고 반문했다.

하 경감은 순경에게 운전대를 넘겨주고는, 놓치지 말고 자기 뒤를 따라오라고 일렀다. 그러고는 차에서 내려 느긋한 걸음으로 용의자를 쫓았다.

하 경감은 지하철에 같이 올라타서 용의자가 왕십리역에서 노선을 갈아탈 때도 놓치지 않았다. 그녀는 서너 정거장마다 순경에게 전화를 해

위치를 알렸다. 왕십리역에서 한 번 용의자의 얼굴을 똑바로 바라볼 기회가 있었는데 다행히 눈은 마주치지 않았다. 용의자의 까칠까칠 돋아난 코밑과 턱의 수염이 마음에 걸렸다. PC방 사건 용의자의 얼굴은 수염 없이 맨들맨들한 느낌이었다. 플라스틱맨 용의자 사진과도 그리 비슷하다고 할 수 없었다. 제보 사진은 10년도 더 된 것이었다. 그러므로 그녀는 살인사건 용의자를 쫓는 것도, 협박사건 용의자를 쫓는 것도 아닐 수 있었다. 하지만 둘 다 아니어도 실망할 일은 아니었다. 이런 게 그녀의 직업이었고, 실은 벌써 다섯 번이나 이런 식으로 헛물을 켰다.

하 경감이 용의자를 쫓아 광화문 지하철역 4번 출구에 내렸을 때는 여섯 시가 다 된 시간이었다. 용의자는 왕십리역 상가에서 라멘과 튀김을 사 먹느라 40분쯤 시간을 보냈고, 그때 그녀도 따라 들어가 바로 뒤편 테이블에 등을 지고 앉았다. 그녀로서는 용기를 낸 행동이었다.

"돈코츠 주세요."

용의자의 목소리가 들렸다. 하지만 그게 플라

스틱맨의 목소리인지는 확신할 수 없었다. 하 경감은 허둥지둥 휴대폰을 꺼내 녹음기를 켰다.

"새우튀김도 주세요."

새우튀김부터는 녹음이 됐을 것이었다. 하 경감은 용의자가 뭔가 더 주문하길 바랐지만 아무 말도 없었다. 뭐라도 시켜야겠기에 그녀는 야키우동을 달라고 했다.

"김치 좀 더 주세요."

하 경감은 김치 더 달라는 소리도 녹음했다. 하지만 거기까지였다. 용의자가 계산하러 나갈 때는 차마 따라붙지 못했다. 상가의 환한 조명 아래에서 봐도 저 남성이 자신이 찾는 그 용의자인지 확신이 서지 않았다. PC방 사건 용의자라고 하기엔 나이 들어 보였고, 제보 사진과도 어딘가 잘 맞지 않았다.

지상으로 나오자 어스름에 잠긴 KT 광화문지사 빌딩이 보였다. '송박영신'이라고 쓰인 깃발과 플래카드들이 사방에서 휘날리고 있었다. 그녀는 순경에게 전화를 해 위치를 알렸다. 순경은 아직 동대문 디자인플라자 쪽에 갇혀 있었다.

"아무래도 아닌 것 같아."

하 경감이 인파 속으로 비집고 들어가는 용의자를 따라가며 휴대폰으로 순경에게 말했다.

"아니면 돌아가요."

"아니지, 오늘만 지켜보자고."

하 경감이 말했다.

"거기 어디 차 세워두고 지하철 타고 광화문 오세요. 튀어오세요."

용의자는 북측 광장에 세워진 무대 앞으로 갔다. 광화문광장에 세워진 무대들 중 가장 큰 무대였고 사람들도 가장 많이 몰리는 무대였다. 귀청을 찢을 듯한 노랫소리와 함성이 들렸다. 스크린에 뉴스 장면이 떴다. 2016년 마지막 날인 오늘,

광화문 일대 집회에 100만 명이 운집했다는 뉴스였다.

하 경감은 무대 너머 은은한 조명이 비추는 광화문 현판을 보았다. 고작 도로 하나 건너편일 뿐인데도, 비교할 수 없이 고요하고 평온한 또 다른 세계가 그곳에 있었다.

누군가가 허벅지를 툭툭 두들겼다. 돌아보자 뒤에 앉은 중년 사내가 성난 얼굴로 비키라는 손짓을 하고 있었다. 하 경감은 옆으로 계속 걸음을 옮기며 빈자리를 찾았다. 용의자는 빈틈을 찾아 용케 비집고 들어가 앉아 있었다. 세 줄 앞이었다. 그녀는 결국 들어왔던 방향의 반대편으로 나와버렸다. 세종로 공원이 있는 쪽이었다. 그녀는 순경에게 전화해 다시 위치를 알려줬다.

순경이 오고 나서 둘은 시린 발가락을 꼼지락거리며 선 채로 한 시간 반이나 용의자를 지켜봤다. 일곱 시 반, 집회의 공식 프로그램이 끝나고 청와대 쪽으로 행진이 시작됐다. 북측 광장에 모인 수만 명이 한꺼번에 일어나 움직였기 때문에 둘은 시야에서 용의자를 놓쳤다. 오렌지색 점퍼에 머플러를 두른 중간 체격의 남자를 찾았지만 사방에서 비슷한 차림의 남자들이 서로 다른 방향으로 나아가고 있었다.

행진 인파는 서울지방경찰청 202경비단이 있는 효자로 방향, 국립현대미술관이 있는 삼청로 방향, 그리고 탄핵 심판이 내려질 헌법재판소 방향으로 향하고 있었다. 술집과 식당이 많은 세종문화회관 뒤편으로도 인파가 몰려가고 있었고 거꾸로 시청 방향으로 가는 인파도 적지 않았다.

하 경감은 효자로 쪽으로, 순경은 삼청로 쪽으로 갔다. 먼저 용의자를 찾는 쪽이 전화를 하기로 했다. 그녀는 잰걸음으로 사람들 사이를 헤집으며 오렌지색 점퍼를 찾았다.

순경은 세 번째로 오렌지색 점퍼를 쫓고 있었다. 앞의 둘은 용의자와 나이대가 다르거나 체격에서 큰 차이가 있었다. 행진 대열은 국립현대미술관 앞을 지나고 있었다. 순경의 시야에서 순간 용의자가 사라졌다. 잠시 후 미술관 건물 쪽에서 이리저리 끝이 갈라지는 긴 비명이 들렸다. 사람들이 그쪽으로 걸음을 틀었다.

순경이 달려갔을 땐 구경꾼이 스무 명은 모여 웅성대고 있었다. 현대미술관 잔디밭이었다. 그는 어깨로 사람들을 밀어냈다. 오렌지색 점퍼에 머플러를 두른 남자가 한쪽 무릎을 땅에 대고 쭈그려 앉아 있었다. 잠실에서부터 쫓아온 용의자였다. 흰색 패딩 차림의 여자가 잔디밭에 몸을 늘어뜨리고 누워 있었다.

"전화했어요."

구경꾼 중의 하나가 용의자에게 말했다.

"119에서 5분 안에 온대요."

곧바로 순경도 하 경감에게 전화를 했다. 그는 손으로 입을 가리고는 작지만 또박또박한 목소리로 말했다.

"현대미술관 앞이요, 빨리요."

잔디밭에 늘어져 있던 흰색 패딩의 여자가 순경과 눈이 마주치더니 턱을 들며 탁한 신음을 내뱉었다. 정신을 잃어가면서도 순경의 경찰 제복을 알아본 모양이었다. 오렌지색 점퍼의 옷자락을 움켜쥔 여자의 손이 파들파들 떨렸다.

순경이 휴대폰을 주머니에 집어넣는데 용의자

가 고개를 들었다. 등을 돌리고 있어 순경을 보지는 못했다. 용의자는 한 손을 들어 허공에 대고 털었다. 갓 흘러나온 핏물에 젖은 손이 조명을 받아 침침한 빛으로 번들거렸다. 구경꾼들이 한 발짝씩 뒤로 물러나며 저마다 소리를 질렀다. 1분도 지나지 않았는데 구경꾼 숫자가 두 배는 늘어났다.

"아저씨, 경찰 아니에요? 경찰 맞잖아!"

누군가가 큰 소리로 외쳤다. 용의자가 상체를 일으키며 목을 뽑았다. 순경은 더 기다려선 안 되겠다고 판단했다. 그는 미련하게도 용의자를 등 뒤에서 덮쳐 끌어낸 다음, 등을 누르고 오른팔을 꺾어 손목에 수갑을 채웠다. 그는 경험이 부족했고, 그래서 용의자의 왼손에 들린 두툼한 박스 커터가 자신의 왼쪽 대퇴골 위를 난자하고 있는데도 대응하지 못했다. 오로지 훈련받은 대로, 제압하는 데에만 온 신경을 쏟았다. 천이 찢어지는 소리가 들리고 살이 갈라지는 느낌이 분명한데도 어떻게 해야 할지 몰랐다. 용의자는 등 뒤로 수갑이 채워진 채 잔디밭에 엎드린 상태에서도, 손만은 살아 계속 박스 커터를 휘둘렀다.

구경꾼들은 소리를 질러댔다. 구경꾼 중에 누군가가 달려들어 박스 커터를 멀리 차버렸다. 순경은 핏물이 솟고 있는 제 아랫배를 빤히 내려다보면서도 한 손을 뻗어 수갑이 제대로 채워졌나 흔들어보았다. 곧 엄청난 통증이 하복부로부터 시작돼 전신을 찌릿찌릿 휘감았다. 잔디밭으로 들어서는 앰뷸런스의 경광등 불빛이 보였다.

귀가 먹먹했다. 사이렌 소리가 들리지 않았다. 순경은 아직 서른도 되지 않았고 고막도 멀쩡했다. 하지만 아무리 기다려도 사이렌 소리가 들리지 않았다.

하 경감이 도착했을 땐 순경은 여성 피해자와 함께 병원에 실려 가고 없었다. 용의자는 119대원이 지키고 있었다. 그녀는 가장 먼저 용의자의 머리를 들어 얼굴부터 확인했다. 휴대폰 플래시로 가까이에서 비춰보니 잠실에서부터 따라온 그 놈이 맞는 것 같았다.

"24일 밤에 PC방에서 뭐 했어?"

하 경감은 휴대폰 녹음기를 켜고는 바싹 들이

댔다.

"뭐, 이 미친년아."

하 경감은 용의자의 머리채를 잡고는 자기 쪽으로 끌어올렸다.

"24일 밤에 PC방에서 뭐 했냐고."

"딸쳤다, 이년아."

하 경감은 용의자가 실컷 욕지거리를 하게 내버려두었다. 이렇게 감정을 주체 못 해 폭발하는 걸 보면 플라스틱맨이 아닐 가능성이 컸다. 플라스틱맨은 살인하다 현장에서 잡혔어도 의뭉스레 걸스데이의 「여자 대통령」을 흥얼거릴 놈이었다.

그날 자정께, 하 경감은 서울경찰청으로 불려가 경비2과의 박 경정에게 야단을 들었다. 지금까지 촛불집회 사망자가 0명을 기록 중인데, 하마터면 그 기록이 깨질 뻔했다고 소리를 질러댔다. 다행히 피해자 여성은 제때 병원 응급실에 도착했고 순경도 혈관 봉합수술이 잘 끝났다고 했다.

2017년이 되었다. 하지만 하 경감이 느끼기에 세상은 조금도 앞으로 나아가지 않았다. 대통령은 청와대에서 꿈쩍도 안 했고, 플라스틱맨은 여전히 똑같은 협박이 담긴 USB를 보내왔다. 협박이 양치질 같은 생활습관이 된 듯했다. 그녀의 실적도 멈췄다. 플라스틱맨을 쫓으라는 임무가 떨어진 작년 겨울부터 그녀는 좀도둑 하나 잡지 못했다. 대신, 자신을 지원 나온 1년 차 순경만 하마터면 국가유공자로 만들 뻔했다. 미술관 잔디밭에서 붙잡힌 놈은 아쉽게도 PC방 살인사건 범인이 아니었고, 용의자 리스트에 들어 있긴 했어도 플라스틱맨이 아니었다. 실망스러웠지만 그래도 제보를 받아둔 보람은 있었다.

2월이 되자 하 경감은 밤 열 시에 귀가하는 것도 모자라 경찰서에서 밤샘도 하고 일거리를 집에까지 싸들고 오기도 했다. 하루에 벌어지는 그 많은 사망 사건들의 파일을 하나하나 훑어보는 건 무리였다. 처음엔 어떻게든 해냈지만 지금은 체력도 떨어졌고 마음도 진력을 내고 있었다. 그녀가 의기소침한 얼굴로 돌아다니자 가족들이 걱정하기 시작했다.

"알프스 소녀 하이디가 사냥도 하고."

하 경감이 주방에서 노트북을 켜고 경찰 인트라넷에서 전과자 파일들을 뒤적이고 있는데 오빠 알름 씨가 식탁 맞은편에 와 앉았다.

"사냥 맞지, 난 사냥꾼이고."

경쾌한 목소리로 대꾸했지만 하 경감은 금세 의기소침해졌다.

"노트북이 사냥총이고……."

"오빠, 설마 날 아직도 요들이나 부르는 소녀 감성, 소녀 판타지, 이렇게 생각하는 건 아니지?"

알프스의 소녀는 이제 이 집에 살지 않았다. 하이디가 조카 피치의 베이비시터 노릇을 잠깐 하긴 했지만 피치도 다 컸다. 하이디와 알름 씨는 엄마 아빠가 맞벌이라 지루함을 어쩌지 못해 공상에 빠지곤 하던 심심한 오누이였다. 그녀는 알프스 소녀 하이디라도 불러내 외로움을 이겨냈지만, 상상력이 부족한 알름 씨는 겨우 장난감 기차에 건전지를 끼우고 레일 위나 달리게 했다.

"그런데 사람이 아닐지도 몰라, 그 플라스틱맨."

알름 씨가 둘이 몰래 서울대공원에 놀러 갔던

일을 이야기하다가 문득 혼잣말처럼 중얼거렸다.

"뭐가 아니라고?"

"플라스틱맨 말이야. 사람이 아닐지도 모른다고."

"당연히 아니지. 플라스틱이라니까."

하 경감은 사냥꾼이 선입견에 사로잡혔을 때 저지를 수 있는 실수들에 대해 생각하며 자정이 다 돼서 침실로 올라왔다. 졸음에 둔해진 머리가 이가 잘 안 맞는 기어처럼 삐걱거렸다. 그녀는 불을 끄고 침대에 누워 이불을 끌어올렸다. 선입견만 지워버리면 가능성은 훨씬 넓어졌다. 플라스틱맨의 협박은 사람이 아니라 컴퓨터 프로그램으로 만들어낸 음성 파일일 수도 있었다. 내일 부서 회의에 나가 플라스틱맨의 목소리가 기계음일지 모른다고 말하면 그녀 말에 동조하는 사람이 꽤 나올 것도 같았다.

실종

하 경감은 2017년 2월 13일 월요일을 불안한 마음으로 마치고 14일도 내내 찜찜하게 보냈다. 처음엔 깜빡 잊은 보고서나 결재 서류가 있나 알아봤지만 그런 건 없었다. 다음엔 메일과 카카오톡을 열어 혹시 지난주에 놓친 약속이 있는지 찾아봤지만 역시 그것도 아니었다. 다이어리와 수첩도 훑어봤지만 건너뛴 스케줄은 없었다. 15일이 되자 그녀는 안절부절못하는 마음으로 책상 서랍을 하나하나 열어보았다.

하 경감은 팀이 없었다. 혼자 일할 때는 이런 일이 생길 수 있었다. 뭔가 잘못된 게 틀림없는데 뭐가 잘못됐는지 지켜보다가 지적해줄 사람이 없다. 그녀는 경찰청에 전화를 해서 박 경장이 찾았다. 그는 경비2과와 그녀 사이를 오가며 심부름을 하고 있었다.

"박 경장. 혹시 나한테 전화한 적 있어?"

"선배, 저 휴가 다녀왔어요."

하 경감은 멍청하게 휴가를 어중간한 때 다녀왔다고 퉁을 놓고는 전화를 끊었다. 그러다 짧은 생각 하나가 스치고 지나갔다. 그녀는 곧바로 수화기를 들고 박 경장에게 시사주간지의 기자한테서 연락이 왔었느냐고 물었다.

"아뇨."

"늦어도 어제나 오늘은 연락이 와야 하잖아."

"오늘 아직 안 지나갔는데요."

시사주간지 기자는 플라스틱맨의 우편물이 오면 박 경장에게 가져가라고 전화를 했다. 그게 보통 주 초반이었다. 사건 초기엔 뭔가 흥미로운 일이라도 터질 줄 알고 퇴근길에 직접 경찰서로 가져다주거나 퀵 서비스로 보내주기도 했다. 하지만 경찰이 흥미를 잃은 것처럼 기자도 점차 흥미를 잃어갔다. 올해부터는 박 경장이 USB 심부름을 하는 지경에 이르렀다.

USB가 든 우편물이 매주 온 건 아니었다. 한두 주씩 건너뛰기도 했다. 건너뛰면 그러려니 했고, 오히려 다행이다 싶은 때도 있었다. 하지만 이번엔 느낌이 달랐다. 하 경감은 저녁 일곱 시까지 박 경장의 전화를 기다리다 기자의 휴대폰으로 직접 전화를 했다. 휴대폰이 꺼져 있어 음성 사서함으로 연결한다는 메시지가 들려왔다. 그녀는 사무실을 나가 저녁을 먹는 동안 심박수가 빨라지고 불규칙해지는 것을 느꼈다. 뭐가 잘못됐는지 지금 몸이 먼저 느끼고 있었다.

다음 날 하 경감은 잡지사로 출근했다. 기자의 책상은 겨우 노트북 놓을 공간만 빼놓고는, 어떻게 팔을 놀렸지 싶을 만큼 책과 자료들로 뒤덮여 있었다. 출입 기록을 보니 기자는 토요일 아침에 잠깐 사무실에 들렀다가 열두 시가 되기 전에 나갔다. 그걸로 끝이었다. 목요일인 오늘까지 출근을 하지 않았고 휴대폰은 꺼져 있다. 토요일에 동료들 몇이 사무실에 있었지만 기억에 남을 만한 대화를 나누지는 않았다.

하 경감은 책상 가운데에 보란 듯이 놓인 우체국 봉투를 집어 들었다. 주소와 만져지는 내용물을 봐선 플라스틱맨의 USB가 틀림없었다. 그녀는 몇 번이고 책상과 주변을 살펴봤다.

오후에는 경기도 구리에 있는 기자의 집에 갔다. 아파트는 문이 잠겨 있었고 안에서는 반응이 없었다. 기자는 이혼해서 혼자 살고 있었다. 자식은 없었다. 사라졌다고 실종 신고를 해줄 가족이 없었다. 전처에게 전화해봤지만 지난 3년 동안 한 번도 연락이 없었다며 무슨 일이냐고 묻지도 않았다. 하 경감은 관할 경찰서로 가 실랑이 끝에 실종 신고를 마치고는 그곳 순경을 데리고 기자의 아파트로 돌아왔다.

아파트 경비가 문을 열었다. 하 경감은 침실과 서재를 둘러보고 화장실과 주방까지 꼼꼼히 살폈다. 그러는 동안 순경은 옆집을 돌며 토요일부터 목요일인 오늘까지 보거나 들은 것이 있는지 탐문을 했다. 그녀는 무엇이라도 발견하기를 바랐지만 눈에 띄는 것은 없었고, 실은 무엇이 발견되길 바라는지 자신도 잘 몰랐다. 홀아비 냄새를 풍기는 좁아터진 아파트였다. 좁고 더러운 집이었다. 그녀는 경찰대학을 졸업한 후로 남자 혼자 사는 집에 가본 적이 없었다. 그래서 침대 발치에 쌓여 있는 옷가지들과 기름방울들이 맺힌 가스레인지 후드와 휴지 뭉치들이 역겨워 견딜 수가 없었다.

하 경감은 마지막으로 방들을 다시 돌며 떨어진 우편물들을 찾아봤고 현관의 신발장도 열어봤다. 사무실도 봤고 아파트도 봤고 더는 가볼 곳이 없었다. 기자에게 애인이 있었는지, 단골 바가 있었는지까지는 알지 못했다. 그녀가 아는 건 서류상에 올라와 있는 주소들뿐이었다.

"실종 신고는 내가 했어."

하 경감은 경찰청의 박 경장에게 전화를 했다.

"박 경장은 각 지역 경찰서에 수사 개시해 달라고 공문 좀 돌려봐요."

"아직 일주일도 지나지 않았는데요."

"그냥 해봐!"

하지만 2월이 다 지나가도록 기자는 회사로 돌

아오지도 않았고 행적이 발견되지도 않았다. 휴대폰은 한 번도 켜지지 않았다. 플라스틱맨은 계속해서 우편물을 보냈다. 우편물이 도착했다고 알려오는 일은 옆자리의 기자가 맡았다.

3월 4일

다음 주면 탄핵 최종 선고였다. 하 경감은 전날 저녁 광화문 집회 경비로 차출됐다. 플라스틱맨 사건을 맡은 이후로 경비 임무가 내려온 적이 없었기 때문에 그녀는 당황했다. 탄핵은 거의 확실했다. 시민들의 요구가 뒤집힐 거라는 예상은 할 수 없었다. 경찰 내부에서도 탄핵이 불발되면 내전 상황이 될 테고, 재판부가 내전을 택할 리 없다는 의견이 다수였다.

경찰 지도부는 이미 한 발 물러섰다. 올해 들어서는 집회 참가 인원을 집계하지도 않았다. 숫자를 축소 발표한다는 시민사회의 비판을 반영한 일이었다. 전 같으면 코웃음을 치며 묵살했을 비판이었다.

박 경장도 경비로 차출됐다. 어차피 뚜렷한 보직 없이 심부름이나 하는 처지라 언제 경비를 서도 아쉬울 게 없는 박 경장이었다.

"판사들이 미쳐서 탄핵이 불발되면 자기는?"

박 경장은 밥술을 뜨다 말고 눈을 똥그랗게 뜨고는 하 경감을 바라봤다.

"죽창을 들고 쳐들어가야죠."

"죽창?"

하 경감이 물었다.

"경찰이 왜? 진압봉도 있고 총도 있는데."

"아 참, 경찰이죠."

박 경장이 허리춤의 빈 권총집에 손을 가져다 댔다.

하지만 경찰 지도부로부터 찔끔찔끔 흘러 내려오는 심상찮은 기류가 있었다. 헌법재판관 여덟 명 중 둘은 대통령이 임명한 재판관이었다. 군의 계엄령 이야기도 돌았다. 친위 쿠데타가 있을지도 몰랐다.

하 경감은 제복을 갖춰 입고 의경들과 함께 세종로 파출소 앞에 가 섰다. 뒤편 광화문광장에서는 '19차 범국민행동의 날' 행사가 열리고 있었고, 앞쪽 서울광장에서는 탄핵반대집회가 열리고 있었다. 경찰은 경찰버스들을 일렬로 장벽처럼 세워놓고 서울광장을 향하고 섰다. 특전사 군복 차림의 중년 사내가 다가와 감히 종북 좌파들을 보호하려는 거냐며 고함을 쳐댔다. 사내가 계속 큰 소리를 질러대자 피켓을 든 다른 사내들도 하나둘씩 몰려들었다. 하지만 희한하게도 경찰 라인에서 5미터 안쪽으로는 한 발도 들여놓지 않았다.

하 경감은 플라스틱맨이 오늘 이곳에 와 있다면 어느 쪽에 서 있을지 궁금했다. 사람은 말만 들어선 모른다. 말은 위장이고 불가피한 거짓이다. 경찰 지구대에서 보름만 근무해보면 아는 일이었다. 그녀는 어떤 미친놈이 대통령더러 물러나라며 협박 음성 파일을 보내면서, 토요일 저녁이면 서울광장에 나와 태극기 부대와 함께 박근혜 대통령님 사랑한다고 울먹이는 상상을 했다.

아홉 시가 조금 넘어 집회는 끝났고 시위대도 해산했다. 100만 명이 모였던 만큼 해산하는 데에도 긴 시간이 걸렸다. 경찰은 열한 시까지 위치를 지켰다. 앉는 것은 허용됐지만 자리를 이탈할 수는 없었다. 하 경감은 아픈 종아리와 무릎을 마사지하며 내일부터 새롭게 검토해야 할 사건 보고서들을 생각했다. 그녀는 새벽 한 시가 되어서야 몽마르트 마을로 돌아왔다.

3월 10일

오전 열한 시가 조금 넘은 시간이었다. 하 경감은 진 크루파의 재즈 사중주단 CD를 끄고 라디오를 틀었다. 상수동 현장으로 가고 있었다. 폐업한 카페에서 변사체가 발견됐다는 보고서가 들어왔다. 차가 신호에 걸려 잠시 멈춰 선 동안 그녀는 보고서의 사진들을 들춰봤다. 피해자는 20대 후반의 여성이었다. 범인은 바닥에 쓰러진 피해자 위로 카페 테이블과 의자를 끌어다 산더미처럼 쌓아놓았다. 하지만 보면 볼수록 산더미라기보다는 봉분 같았다.

라디오에서는 대통령 탄핵에 관한 헌재 결정

문이 흘러나오고 있었다. 대통령의 영향으로 문화체육관광부 공무원 둘이 부당하게 인사 조치를 당했다는 혐의와 대통령이 나서서 『세계일보』 사장을 쫓아내도록 압력을 가했다는 혐의는 인정되지 않았다.

세월호 참사 당시 대통령이 성실히 직무에 임했느냐는 재판부가 판단할 문제가 아니라고 했다. 언뜻 탄핵에 부정적인 의견으로 들렸지만, 하경감은 탄핵 요구가 뒤집힐 것이라는 생각은 할 수가 없었다. 촛불집회에 한 번이라도 나가봤다면 어떤 경찰 공무원도 그런 생각은 할 수 없을 것이었다.

인정된 혐의도 있었다. 대통령이 최순실로 알려진 최서원의 이익을 위해 지위와 권한을 남용한 점은 인정되었다. 또한 대통령은 헌법, 국가공무원법, 공직자윤리법 등을 위반했고 기업의 재산권과 기업경영의 자유를 침해했다. 최서원에게 직무상 비밀에 해당하는 많은 문건을 유출해 국가공무원법의 비밀엄수의무를 위배했다.

이 정도면 탄핵 결정은 확실하고 경찰 경비 업

무도 좀 줄어들 것이라고 하 경감은 안도했다. 대통령이 물러나면 플라스틱맨도 입을 다물까.

"지금까지 살펴본 피청구인의 법 위반 행위가 피청구인을 파면할 만큼 중대한 것인지에 관하여 보겠습니다."

안창호 재판관이 결정문을 계속 읽어 내려갔다.

"대통령은 헌법과 법률에 따라 권한을 행사해야 함은 물론, 공무수행은 투명하게 공개해 국민의 평가를 받아야 합니다. 그런데 피청구인은 최서원의 국정 개입 사실을 철저히 숨겼고, 그에 관한 의혹이 제기될 때마다 이를 부인하며 오히려 의혹 제기를 비난하였습니다. 피청구인은 대국민 담화에서 진상규명에 최대한 협조하겠다고 했으나 정작 검찰과 특검의 조사에 응하지 않았고 청와대에 대한 압수수색도 거부했습니다."

이제 열한 시 이십 분이었다. 상수동 현장에 거의 다 와 있었다. 열한 시 반이면 도착해서 현장을 둘러보고 점심을 먹을 수 있을 듯했다.

"이 사건 소추와 관련한 피청구인의 일련의 언

행을 보면 법 위배 행위가 반복되지 않도록 할 헌법 수호 의지가 드러나지 않습니다. 하지만 피청구인의 법 위배 행위가 헌법 질서에 미치는 부정적 영향이, 피청구인을 파면함으로써 잃게 되는 국가적 이익보다 절대적으로 크다고 할 수 없습니다."

하 경감은 방심하고 있다가 놀라서는 차를 갓길로 뺐다.

"세월호 참사 관련하여서도, 피청구인은 헌법상 성실한 직책수행의무 및 국가공무원법상 성실의무를 위반하긴 하였지만 생명권 보호의무를 위반했다고 보기는 어려우므로, 완전한 파면 사유를 구성하기 어렵다는 것이 재판관들의 일치된 의견이었습니다. 이 사건 탄핵 심판은 보수와 진보라는 이념 대결의 문제가 아니라, 헌법 질서를 수호하고 국가의 발전과 국민의 안전을 지키는 중대한 문제입니다. 인적 청산이 곧 정치적 폐습의 청산으로 이어지지는 않습니다. 이에 재판관 전원의 일치된 의견으로 주문을 선고합니다."

안창호 재판관의 목소리가 조용히 흘러나왔다.

"주문 피청구인 대통령 박근혜를 파면하지 않는다."

하 경감은 기자의 당황하고 격앙된 목소리를 들으며 뉴스 속보가 끝날 때까지 운전석에 앉아 있었다. 이 판결의 여파가 어디까지 이어질지 짐작도 할 수 없었다. 당장 광화문광장의 촛불은 더 거세게 타오를 것이고, 야근이 계속될 것이고, 올해는 남자친구를 사귀겠다는 계획은 물 건너갈 것이었다.

그러면 망할 '셜록 홈스의 사건'은? 플라스틱맨은 이번에야말로 뭔 짓을 하려고 덤벼들지도 몰랐다. 울고 싶은데 헌법재판관들이 빰을 때린 셈이 될지도 몰랐다. 전화가 왔다. 당장 경찰서로 복귀해서 광화문광장에서 경비를 서라는 지시였다. 하 경감은 상수동 카페 살인사건 보고서를 뒷좌석에 집어 던지고는 차를 돌렸다.

2부

3월 16일

3월 10일 광화문에 나갔다가 하 경감은 크게 기분이 상했다. 고등학생 정도로밖엔 보이지 않는 아이가 촛불을 들고 다가오기에 그녀는 더 이상 다가오지 말라고 손짓을 했다. 광화문 일대에만 150만 명 정도 시민이 모였기 때문에 경찰은 긴장을 하고 있었다. 경찰은 지난주와는 정반대로 이번에는 광화문광장을 바라보고 섰다. 광화문의 성난 시민들로부터 서울광장의 태극기 부대를 보호하는 꼴이었다. 세종대로 한가운데로 한 남자가 뛰어나오더니 역사의 요구로부터 독재자의 딸을 구하려는 셈이냐고 고래고래 소리를 지르며 피켓을 흔들었다. 그 옆으로 아이가 촛불을 켜 들고 다가왔다. 남자의 딸처럼 보이기도 했다. 경찰들이 경고를 하는데도 아이는 경찰 라인을 넘어왔다. 그래도 워낙 어려 보이고 손에 든 건 촛불뿐이라 하 경감은 위협을 느끼거나 하지는 않았다. 하지만 아이가 다섯 발짝 앞으로 다가오자 지휘관 하나가 뒤에서 뛰어나왔다. 아이가 촛불을 하 경감을 향해 물을 끼얹듯이 툭 던졌다.

촛불이 날아오다 꺼졌기 때문에 하 경감은 별일 없었지만 기분만은 모욕을 당한 것같이 끔찍했다. 시민들을 자극하지 말라는 엄명이 있었다. 지휘관이 아이를 살살 달래 돌려보냈다.

하 경감은 한 주 내내 법의 힘이 얼마나 대단한지 깨달았다. 헌법재판관 여덟 명이 내린 판결 하나가 세상을 뒤집어버렸다. 박근혜 대통령의 지지율은 4퍼센트에서 20퍼센트로 하루 만에 뛰어올랐다. 판결 다음 날 청와대 대변인이 나와 재판부의 판단을 존중하며 국정농단 사건에 대한 철저한 수사를 촉구하고, 최순실을 비롯한 관계자들을 엄벌하고 적폐 청산을 약속하고, 시민사회의 요구를 적극 수용하겠다고 밝혔다. 그리고 다시 한 번 통일은 대박이라는 정책 방향을 강조했다. 군은 잠잠했다. 언론에서는 극적인 순간이 있기 전 군 수뇌부가 청와대에서 회동을 했다는 소식이 흘러나왔다.

하 경감은 다시 까닭 없이 불안한 한 주를 보냈다. 수요일까지 기다리다가 그녀는 시사주간지 사무실로 찾아갔다. 플라스틱맨에게서 우편물이 왔는지 눈으로 확인하고 싶었다. 우편물은 없었다. 목요일이 되자 그녀는 더욱 불안해졌다. 우편물이 이번 주는 특별히 기다려졌다. 놈의 의견을 듣고 싶었다. 탄핵이 물 건너갔으니, 놈이 협박의 진짜 의도를 드러낼지도 몰랐다.

3월 16일 목요일 오후 두 시. 강서보건소 앞에서 한 남자가 전동 휠체어에 탄 채로 601번 저상버스에 올랐다. 평일 오후라 버스 승객은 많지 않았다. 버스를 세우고 기사가 전동 휠체어를 좌석에 고정시켰다. 그리고 다시 달리기 시작해 마포구와 서대문구를 지나 종로구로 들어섰다. 운전기사는 이따금 룸미러로 휠체어의 남자를 살펴봤다. 보호자 없이 혼자 전동 휠체어를 타고 버스에 오르는 경우가 많지 않기 때문에 신경을 쓰지 않을 수 없었다. 창으로 밀려드는 봄볕 아래 남자는 꾸벅꾸벅 졸기도 했다. 아니면 잠깐씩 정신을 잃는 듯 보이기도 했다. 술 냄새는 나지 않았지만 취한 사람 같다는 느낌이 들었다.

그러고 보니 남자는 말을 하지 않았다. 고맙다느니, 휠체어가 고정이 덜 됐다느니 하고 한 마디쯤 할 법도 한데, 남자의 마른 입술 사이에서는 아무 소리도 새어 나오지 않았다. 이상한 느낌은 들었지만 운전기사는 휠체어의 남자에게 쏟을 정신이 없었다. 교통신호를 따라가는 것만도 그는 신경이 곤두섰다. 특히 지난주에 탄핵 기각이 있은 후로 광화문 일대에서는 아무 때나 시위대가 쏟아져 나왔다. 길을 잘못 들면 시위대에 막혀 버스를 돌리지도 못하고 한 시간을 서 있을 수도 있었다. 전국 버스노조에서도 파업을 예고했기 때문에 그도 다음 주면 저 길에 나와 있을지도 몰랐다.

버스가 사직단 앞을 지날 때 휠체어의 남자가

손을 뻗어 정지 버튼을 눌렀다. 버스는 서울지방경찰청 앞 정류장에서 섰다. 경복궁으로 들어가는 입구인 광화문의 돌벽이 눈에 들어왔다. 평일 오후인데도 광화문 앞 삼거리는 심하게 정체되고 있었다. 운전기사는 사이드브레이크를 걸고는 운전석에서 빠져나왔다. 남자의 전동 휠체어를 좌석에서 풀어 안전하게 내려줘야 했다.

버스 뒷문으로 사람들이 내리고 있었다. 남자가 전동 휠체어 오른 팔걸이 앞에 달린 전동 레버를 뒤로 꺾는 것이 보였다. 모터 돌아가는 소리 같은 것이 들렸다. 남자의 초점이 나간 듯한 두 눈이 햇빛을 받아 반짝였다. 운전기사는 남자를 향해 손을 저었다. 고정장치를 풀면 그때 움직이라는 의미였다. 굉음이 났다. 기사는 운전석까지 날아갔고 곧바로 화염이 601번 버스 내부를 가득 채웠다. 화염은 차창을 뚫고 외부로도 흘러넘쳤다.

휠체어의 남자

사건의 성격을 파악하는 데에만 1박 2일 걸렸다. 601번 버스 차내에서 무슨 일이 있었는지 증언해줄 사람이 없었다. 생존자가 다섯이 있었지만 말을 할 수 있는 세 명은 약혼자와 수다를 떨고 있었거나 졸고 있었거나 휴대폰을 들여다보고 있었다. 셋 다 뒷좌석에 나란히 앉아 있었고 어떤 거대한 힘이 자신의 온몸을 밀어붙이는 것 같았다고 했다. 폭발 순간에 대한 기억은 없었다. 한 명은 정신을 잃었다 깨어나 보니 앰뷸런스 안이었고, 한 명은 몸에 불이 붙은 것만 기억했다. 체중이 가벼운 여성은 무슨 일인지도 모른 채 버스

뒤 유리창을 깨고 밖으로 나가떨어졌다.

버스 운전기사의 시신은 운전석이 아닌 앞문 쪽에서 발견됐다. 경찰은 버스 내부 감시 카메라 영상을 확인할 때까지 사고 이유를 알지 못했다. 블랙박스 동영상은 17일 오전에나 복구되었고, 비슷한 시간에 폭발이 엔진 계통이 아닌 승객들이 있던 차내에서 시작됐다는 과학수사대의 보고도 들어왔다.

17일 저녁 일곱 시에 하 경감은 경찰청으로 불려갔다. 버스가 폭발한 정류장이 서울지방경찰청 앞이었기 때문에 근무 교대를 마치고 막 버스에 올라탔던 의경 둘도 희생됐다. 비상이 걸리는 순간 그녀는 자신이 경찰청으로 불려갈 것을 알았다. '셜록 홈스의 사건'이 진짜 사건이 되어가고 있었다.

서울지방경찰청 안으로 들어가기 전에 하 경감은 현장을 먼저 둘러봤다. 이미 하루가 지났기 때문에 버스의 잔해는 볼 수 없었다. 하지만 폭발의 광범위한 흔적은 그대로 남아 있었다. 도로 여기저기 검은 물감을 흩뿌린 것처럼 그을음이 묻어 있었다. 길 건너편 서브웨이와 노랑통닭집은 깨진 유리창을 다시 달고 손상된 간판을 복구하느라 휴업 중이었다. 정류장 뒤편의 경찰청 어린이집도 유리창이 날아가고 벽 일부가 그을리고 파손이 됐다. 폭발 순간 어린이가 안에 있었다면, 하는 데까지 생각이 마치자 가슴이 서늘해졌다. 버스가 폭발해 움푹 팬 자리에만 수사 중 출입 금지 테이프가 둘러쳐져 있었다. 주변 가로수들이 충격으로 기울어져 있었다.

경찰청에서는 박 경정과 박 경장이 기다리고 있었다. 반갑지 않은 얼굴들이었지만 하 경감은 미소를 지어 보였다. 박 경장이 복구한 동영상을 틀어줬다. 거칠게 이어 붙인 조각난 영상이었지만 그녀가 알아보지 못할 것은 없었다.

"여덟 시부터 대책 회의야."

박 경정이 한숨을 쉬었다. 낭패한 표정의 경비2과 책임자였다.

"기사가 운전석을 벗어나서 뒤로 간 건 저 휠체어를 내려주려던 거잖아요."

박 경장이 대단한 것이라도 알아냈다는 투로

말했다.

"그래서?"

하 경감이 물었다.

"화염이 어디서 시작됐어?"

두 남자는 대꾸하지 못했다. 동영상을 봐서는 불꽃이 어디서부터 튀기 시작했는지 알 수가 없었다. 운전기사가 운전석을 나와서 서너 걸음 앞으로 나갔을 때, 카메라가 흔들리면서 운전기사가 뒤로 날아갔고, 화면 전체가 하얀 빛으로 뒤덮였다. 그리고 곧바로 꺼져버렸다. 셋은 영상의 그 부분을 다섯 번 반복해 봤다.

"뭣 좀 봤어?"

박 경정이 조급하게 물었다. 하 경감은 뭔가 본 것 같았다.

"앞부분도 봐요."

하 경감의 주문에 박 경장이 601번 버스의 종점인 개화역 환승센터에서부터 다시 동영상을 틀었다. 역시 손실된 데이터가 적지 않아 온전한 영상은 아니었다. 하지만 하 경감은 휠체어의 남자가 버스에 올라탄 강서보건소 앞 정류장 영상을 반복해 보다 입을 열었다.

"박 경장. 이 남자, 모르겠어?"

하 경감의 말에 박 경장이 모니터에 코를 박을 듯 허리를 굽혔다.

"우리가 찾던 남자 아냐?"

하 경감이 툭 던지듯 말했다.

"김 기자."

두 남자는 더욱 가까이 모니터에 얼굴을 가져다댔다. 박 경장이 정지화면을 스크랩해 크게 확대했다. 확대하니 오히려 더 잘 안 보였다. 박 경장은 고개를 저었다.

"다시 잘 봐봐."

그렇게 말하는 하 경감도 확신할 수 없었다. 그녀 눈에는 70퍼센트 정도는 김 기자가 맞았다. 그와 여러 번 직접 얼굴을 맞댔던 그녀였다.

"저는 아니에요."

박 경장이 중얼거렸다.

"이건 용의자를 잘못 특정할 수도 있는 문제잖아요."

"경정님은요?"

하 경감은 박 경정을 돌아보았다.

"멀쩡하던 기자가 왜 휠체어에 앉아 버스를 타겠어?"

박 경정이 혀를 찼다.

"다시 폭발 장면으로 가봐요."

휠체어의 남자가 정지버튼을 누르고 버스가 선 다음 운전기사가 일어나 다가갔다. 그리고 폭발. 영상을 느리게 재생하자 조금 전엔 안 보이던 순간들이 보이기 시작했다. 운전기사가 뒤로 날아가는 것과 동시에 휠체어가 공중으로 솟구치고 있었다. 동시나 마찬가지였지만, 더욱 느리게 재생하자 무시할 수 없는 차이가 느껴졌다. 휠체어가 아주 조금 더 일찍 솟기 시작했다. 불꽃이 시작된 지점도 알 수 있었다. 정확히 보이지는 않았지만 휠체어이거나 그 주변이었다.

"폭발 지점이 저 휠체어라는 거 아냐?"

박 경정이 말했다.

"박 경장, 보고서 작성해봐. 저 휠체어 사진하고 폭발 순간 사진 크게 확대해서 프린트하고. 이번엔 맞춤법 띄어쓰기 확실히 지키고. 내가 너 때문에 간부들 앞에서 자꾸 창피해진다."

박 경정은 하 경감의 어깨를 두드려줬다.

"자네는 저 남자 신원 알아봐."

박 경정은 사무실로 돌아갔다. 박 경장도 제 책상으로 돌아가 다리를 떨기 시작했다. 그녀는 과학수사대의 보고서를 찬찬히 다시 훑었다. 휠체어나 남자에 대한 이야기는 없었다. 휠체어 바퀴가 발견됐다는 언급도 없었다. 동영상이 복구되기 전에 작성된 보고서였다. 휠체어가 폭발 지점이라면, 휠체어는 물론이고 남자의 잔해를 찾는 일도 어려울 것이었다. 그럴 리 없지만 만약 휠체어의 남자가 김 기자라면…… 하는 생각이 들자 왜라는 의문과 함께 슬픔이 밀려들었다.

대책 회의가 시작되고 10분쯤 지나서 전 경찰에게 지침이 떨어졌다. 이번 601번 버스 사건은 '사건'이지 테러가 아님을 분명히 했다. '테러'라는 표현은 경찰 내부에서도 쓰지 말라는 지침이었다.

다시 광화문으로

하 경감은 밤새 닥치는 대로 단서들을 훑다가, 다음 날인 토요일 오전 열 시에 행정안전부 장관의 담화를 듣고는 당직실로 가 잠시 눈을 붙였다. "12명이 죽고 5명이 크게 다친 버스 폭발사건의 진상을 파악하기 위해 총력을 기울여 조사 중이며 국민들은 섣부른 판단은 자제……." 그때쯤엔 이미 과학수사대로부터 사제 폭발물의 흔적이 발견됐다는 보고가 올라와 있었지만 그 얘긴 없었다.

하 경감은 열두 시에 박 경장과 교대를 했다. 그녀는 멀티미디어실로 돌아와, 박 경정이 대책

회의가 끝난 새벽 세 시에 잠깐 들러 시켜준 식은 족발과 퉁퉁 불은 떡볶이를 몇 점 집어 먹었다.
휠체어의 남자는 혼자 휠체어를 조정해 강서보건소 골목길에서 나타났다. 지금쯤 서울경찰청의 순경들이 목격자를 찾느라 강서보건소 인근을 들쑤시고 있을 것이었다.

조카 피치가 전화를 했다.

"엄마가 전화해보래."

"왜?"

"외박했다고."

"언제는 외박 안 했나."

피치도, 가족도, 몽마르트 마을의 이웃들도 지금쯤은 뭔가 끔찍한 일이 일어나고 있다는 감을 잡았을 것이었다.

"클라라 씨랑 알름 씨는 걱정할 거 없다고 전해줘."

하 경감이 중얼거렸다.

"뭘 걱정해?"

"뭐든."

하 경감은 말끝에 힘을 주었다.

"아무것도."

하지만 전화를 끊고 나서 하 경감은 몽마르트 마을에는 정말로 아무 일 없을 것인지 확신할 수 없다는 사실을 깨달았다. 비극과 불행은 무차별적이다.

하 경감은 주간지 사무실로 전화를 했다. 김 기자는 돌아오지 않았다. 우편물도 오지 않았다. 탄핵 심판 이후로 협박 우편물이 끊겼다. 안절부절못하면서 그녀는, 우편물이 영원히 오지 않고 자신도 그만 은퇴해버렸으면 좋겠다는 생각에 붙들렸다.

오후 네 시부터 하 경감은 아직 잠이 덜 깬 박 경장과 나란히 앉아 감시 카메라 영상을 번갈아 돌려 봤다. 놓친 단서가 있나 크로스체크를 했다. 그녀는 버스가 폭발할 때 폭발을 미리 알고 있는 듯이 행동한 사람은 없었는지 집중적으로 살폈다.

일곱 시 반. 광화문에 나가 있던 경찰들에게서 전화가 왔다. 촛불집회 무대에 플라스틱맨이 등장했다는 보고였다.

하 경감과 박 경장은 서울경찰청을 나와 새문안로를 따라 광화문광장 남쪽으로 갔다. 경찰청에서 코너만 돌면 바로 촛불집회 현장이었다. 새문안로도 인파로 빽빽했다. 대통령이 살아나면서 촛불집회 참가 인원에 대한 경찰의 집계도 다시 시작됐다. 경찰청에서 발표한 경찰 추산 참가 인원은 17만 명이었다. 인터넷 언론에는 광화문에만 100만 명이 모였다는 기사가 떴다. 서울광장에는 태극기 부대 20만 명이 모였다. 경찰 추산은 15만 명이었다.

덩치가 있고 경찰 정복을 한 박 경장을 앞세웠는데도 둘은 앞으로 헤치고 나아가기가 버거웠다. 게다가 손에 진짜 촛불을 든 사람들도 많아서 순간순간 몸을 사려야 했다. 둘이 이순신 동상 앞 무대에 도착하자, 신고를 한 순경이 하 경감을 무대 뒤쪽으로 안내했다. 무대에는 서울간호사협회에서 나온 연사가 마이크를 잡고 시민혁명을 요구하고 있었다.

무대 뒤편에는 책임자 같은 사람이 기다리고 있었다. 집회기획팀장이라고 했다. 그는 얼떨떨한 표정으로 상황을 설명했다. 누군가 노트북을 만져서 무대 스크린에 재생되는 동영상을 바꿔치기했다는 이야기였다. 세월호 동영상이 나올 차렌데 웬 청년이 튀어나와서 자기 엄마 얘기를 하더라고 했다.

신고한 순경이 설명을 이었다. 그 청년이 플라스틱맨이 맞는 듯하다는 것이었다. 미리 준비된 노트북 동영상에 누군가 슬쩍 플라스틱맨의 동영상을 붙여놓았고, 그걸 무대 앞에 앉아 있던 수만 명이 지켜봤다는 얘기였다.

"어디 봐요."

하 경감은 가슴이 두근거리고 정신이 아뜩해져서 말했다. 무대 스피커에서는 노래 「광야에서」가 쏟아져 나오고 있었다. 노트북 안의 파일 하나를 열어 재생하니, 그녀가 지금까지 수만 번은 더 들어봤을 목소리가 낯선 얼굴과 함께 튀어나왔다. 플라스틱맨이 처음 얼굴을 드러낸 순간이었다.

"내가 이놈 목소리를 밤낮으로 꿈에서까지 들었거든."

하 경감의 목소리가 가늘게 떨렸다.

"예?"

박 경장이 되물었다.

"안 들려요!"

"내가 이놈 목소리를 우리 가족들 목소리보다 더 많이 들었다고!"

하 경감이 박 경장 귀에 대고 소리쳤다. 말해놓고 보니 더욱 억울했다. 지난 몇 달 동안 그녀는 음성 파일에 담긴 놈의 목소리를 수만 번은 더 되풀이해 들어왔다. 야근을 밥 먹듯이 하고 온통 사건에 마음을 빼앗기다시피 살았으니, 몽마르트 마을의 가족들보다 플라스틱맨의 목소리를 더 많이 자주 들었던 것이다.

하 경감은 놈의 목소리를 들을 때마다 어떻게 생겼을지 얼굴을 상상해보곤 했다. 수만 번 되풀이해 들었고, 수만 번 상상 속에서 몽타주를 그려봤다. 그리고 이제 그녀는 그 상상 속 몽타주들이 모두 틀렸다는 사실을 깨달았다. 막상 플라스틱맨의 생김새를 확인하자 그녀는 깊은 허망감에 휩싸였다. 죽고 싶었다.

하 경감은 잠시 몸을 떨다가 정신을 차렸다. 당장 해야 할 일이 있었다. 그녀는 고개를 들고 무대 근처 허공을 둘러봤다. 감시 카메라는 널렸지만 이 앞을 오늘 100만 명이 오갔다. 아니, 17만 명이 오갔다. 그녀는 지난 12월 31일에도 이곳에서 인파를 헤치고 용의자를 쫓다가 동료 경찰을 잃을 뻔했다. 그녀는 목을 길게 빼고는 불빛이 아른대는 서울광장 쪽으로 눈을 돌렸다.

하 경감은 자꾸 서울광장의 태극기 부대가 신경이 쓰였다. 갈수록 그쪽 인원이 늘어가고 있었다. 현재 한국에서 대통령보다 위험스러운 인물은 없겠지만, 지금 이 순간 그녀는 태극기 부대가 더 위협적으로 보였다.

사자의 영혼

하 경감은 동영상이 든 노트북을 통째로 경찰서로 가져갔다. 그러고는 다른 경찰들을 불러 모아 다 함께 동영상을 봤다. 광화문에서는 이 영상을 적어도 5만 명이 봤다.

플라스틱맨의 동영상은 단독주택의 차고 같은 곳에서 빛이 조금밖에 없는 가운데 촬영된 듯했다. 뒤쪽 배경으로 초점이 덜 맞은 공구와 자동차용품이 흐릿하게 보였다. 몸 전체가 어스름에 잠겨 있었고, 협박범이 걸치고 있는 후드 점퍼와 트레이닝 바지가 어떤 색인지도 정확히 알 수가 없었다. 하지만 어디서 들어왔는지 모를 빛 한 줄기가 놈의 달싹이는 아래턱을 파리하게 비추기도 했다. 하 경감의 막연한 느낌으로는, 휴일 오후 거실 소파에 누워 JTBC 드라마를 보다 잠깐 차를 점검하러 차고로 나온 30대 남자 같았다.

플라스틱맨의 얼굴은 길에서 만나 한눈에 알아볼 만큼 특징이 있는 얼굴은 아니었다. 범죄자 인상이 따로 있는 것은 아니지만 그리 험악하다는 느낌은 들지 않았다. 놈은 차고 가운데 스툴을 갖다놓고 걸터앉아 느긋하게 협박 원고를 꺼내 들었다.

플라스틱맨이 웅얼거렸다. 음성 파일의 목소리와 똑같았다.

"나는 애초에 우리 엄마 같은 여자가 대통령이 되는 걸 반대했다.

우리 엄마를 겪어봤다면 날 이해할 거야.

난 대통령이 여자라서 싫어하는 게 아냐.

하지만 누가 우리 엄마 같은 사람 말을 듣겠어.

대통령은 이제 돌아올 수 없는 강을 건넜다고 봐야 해.

봤지?

봤잖아?

내 말을 듣지 않으면 어떤 일이 일어나는지.

대통령은 잠자는 사자의 영혼을 건드린 거야.

다음 주 24일 금요일까지 물러나지 않으면,

애꿎은 시민이 또 죽는다."

하 경감은 고개를 돌려 사람들을 봤다.

"저런 놈이었어?"

누군가 혀를 찼다.

"잡으러 가자고."

또 다른 누군가가 중얼거렸다.

"되게 평범하게 생겼네."

박 경장이 소리를 높였다.

"그렇지?"

하 경감이 노트북 모니터를 톡톡 두드리며 말했다.

"일단 전과자 기록에 있나 찾아봐요."

하 경감은 박 경장에게 말했다.

"그리고 저놈이 입고 있는 옷이랑 신발, 브랜드

하고 판매처 알아봐요, 알아볼 수 있는 데까지 다 알아봐."

박 경장은 휴대폰 메모장을 열고는, 노트북에 얼굴을 바싹 들이대고 동영상을 다시 돌려 봤다.

"저거 무슨 노래 가산지 아는 사람?"

하 경감은 팔을 번쩍 들었다. 그녀는 플라스틱맨의 멘트가 지난번처럼 경찰을 조롱하는 것은 아닌지 확인해야 했다.

경찰들은 눈만 끔뻑거렸다. 누군가 노랫말은 아닌 것 같다고 했다.

경찰들을 돌려보내고 박 경장도 자리를 뜨자 혼자 남은 하 경감은, 동영상을 다시 돌리고 또 돌려 봤다. 말하는 시간은 25초였다. 그 앞뒤로 스툴에 앉아 자세를 잡고, 꾸물거리고, 말을 끝낸 다음 카메라를 끄는 시간까지 다 더하면 동영상 길이는 44초였다. 협박 내용이 바뀌고 얼굴을 드러냈다 뿐이지, 말투와 목소리와 재생 시간은 음성 파일과 다르지 않았다.

열의 없이 웅얼거리는 목소리는 지긋지긋했다. 대놓고 하는 살해 협박을, 저리도 성의 없고 열의 없이 늘어놓는 것이 이해가 안 됐다. 살해 협박을 편의점 가서 담배 사 올게라거나 커피는 내가 끓일게 같은 예사로운 말처럼 하고 있었다.

하 경감은 동영상을 복사하고는, 노트북을 사이버수사대에 조사해보라고 넘겼다. 인터넷을 뒤져봤지만 아직 플라스틱맨 동영상이 광화문 촛불집회 무대에서 공개됐다는 뉴스는 뜨지 않았다. 기자들이 뉴스거리가 되지 않는다고 판단했거나, 무슨 동영상인지 알아챈 사람이 없어 제보가 없었던 것일 수도 있었다.

하 경감은 경비2과의 박 경정을 불렀다. 그는 퇴근해 집에 가다 말고 돌아왔다.

"미친놈 아냐, 대통령이 자기 엄마 같아서 반대한다니……."

박 경정은 동영상을 두어 번 반복해 봤다.

"근데 자기가 뭘 저질렀다는 거야, 하 경감?"

플라스틱맨은 사건을 특정하지는 않았다. 601번 버스 사건에 대해서는 일언반구도 없었다. 탄핵 심판에 대한 감상도 한 마디 없었다.

하 경감은 텔레비전에서 봤던 중동의 테러리스

트들을 떠올렸다. 그들은 테러가 일어나면 마이크에 대고 자기들 짓이다, 아니다, 하고 떠들어댄다.

"내 말을 듣지 않으면 어떤 일이 일어나는지, 봤지 않느냐고 묻잖아요. 그게 무슨 뜻이겠어요."

박 경정의 얼굴에 노회한 경찰의 표정이 떠올랐다.

"그래서? '어떤 일'이 '601번 버스 사건'이라고?"

"그런 것 같은데요."

"대통령이 돌아올 수 없는 강을 건넜다는 건 탄핵 심판이고?"

하 경감은 고개를 끄덕였다.

"그렇게 에둘러 말하는 거죠."

"그러니까 저놈이 문학을 하고 있다는 말이네……."

박 경정은 혀를 찼다.

"공보 담당하고 만나서 버스 사건하고 관련됐다는 눈치는 절대 주지 말고, 플라스틱맨 얼굴을 전 언론에 보도되도록 뿌리라고 해봐."

하 경감은 공보 담당의 휴대폰으로 전화를 했다. 공보 담당은 퇴근해 집에 있었다. 그녀는 사정을 설명하고 일요일 뉴스부터 가능한 한 전 언론에 이 얼굴이 나와야 한다며 플라스틱맨의 얼굴 사진을 전송했다.

하지만 이번에도 흥행에 실패했다. 일요일에는 뉴스에 나오지 않았고, 월요일이 되어서야 공중파와 케이블방송 여기저기에 조금씩 얼굴 사진이 공개되었다. 방송 분량도 보잘것없었다. 그저 사진 한 장만 쓱 올라왔다가 앵커의 10초짜리 멘트와 함께 사라졌다. 얼굴을 공개하고 애써 집회 동영상까지 바꿔치기했는데 이번에도 화제가 안 됐다고 낙담할 플라스틱맨을 생각하니 하 경감은 겁이 덜컥 났다. 테러는 낙담한 자들의 최후수단이다.

월요일 아침 일찍 하 경감은 공보 담당과 다시 미팅을 가졌다.

"플라스틱의 온도는 쇠처럼 쉽게 뜨거워지지도 않고, 물처럼 쉽게 차가워지지도 않고, 항시 미지근하다. 이것이 진정한 사이코패스의 체온이다."

보도 자료를 다시 작성하려고 만난 자리에서 공보 담당이 원고 초고를 읽어 내려갔다.

"플라스틱, 이거 하 경감이 장난삼아 붙인 정의잖아요."

자기가 쓴 글을 남의 목소리로 듣고 보니 민망해서 하 경감은 얼굴을 붉혔다.

"장난은 아니었어요."

"너무 문학적이에요."

공보 담당이 고개를 들었다.

"협박이란 점을 강조해야죠."

하 경감이 덤덤하게 말했다.

"참내."

공보 담당이 혀를 찼다.

"대통령을 청와대에서 끌어내고 싶어 하는 사람이 한둘이에요? 그것만으로 뉴스가 돼요?"

"아무튼 보도를 타서 사람들이 많이 보게 해야 해요. 그래야 제보도 좀 들어올 게 아니에요?"

공보 담당은 잠시 입을 다물었다가 말을 했다.

"사건 내용이 없잖아요. 사건 내용을 주세요."

공보 담당은 의심이 가득한 표정을 지었다.

"……혹시 그 이상한 남자가 이번 버스 테러랑 관련이 있어요?"

이번엔 하 경감이 입을 다물었다.

"테러 용의자구나……. 그럼 그렇게 보도 자료를 다시 준비해봐요?"

"시기상조예요, 테러가 아니라 그냥 사건입니다."

"그럼 나도 시기상조예요."

그래도 화요일 아침 방송부터, 20여 차례 '사자의 영혼' 운운하는 플라스틱맨의 얼굴이 방송을 탔다. 협박범의 얼굴이 있으니 시사주간지 한 귀퉁이에 겨우 비치고 말았던 작년과는 양상이 달랐다. 인터넷에서도 검색을 하면 꽤 나왔다.

제보 전화가 쏟아지자, 경찰청 경비2과에서는 콜센터 근무 경력이 있는 상담원을 세 명 임시직으로 고용했다. 하 경감은 상담원 교육을 했다. 제보자에게 상담원의 신원을 노출할 만한 단서는 절대로 주지 말 것, 제보 전화가 오면 무슨 헛소리를 하든 끝까지 들을 것, 통화 녹음 기록 백업이 잘되고 있는지 수시로 확인할 것.

그러고 나서 어쩐지 신뢰가 가는 내용이면 하경감 자신을 호출하고 업무 일지에 적어두라고 했다. 상담원 모두 나이도 많고 경력도 적지 않아 업무의 성격을 잘 이해한 듯 보였다.

증오의 사슬

하 경감은 토요일 오전 일찍 광화문으로 나갔다. 집회기획팀장에게 노트북도 돌려주고 물을 것도 있었다. 사이버수사대에서 뒤져봤지만 노트북엔 특이점이 없었다. 그래도 몰라 하드디스크는 빼 증거로 남겨두고 새 하드디스크를 넣었다.

"해킹은 아니에요."

사이버수사관이 노트북을 넘겨주며 말했다. 수사관은 동영상이 노트북에 들어간 건, 그냥 단순하게 USB에 파일을 담아 와 기존 파일 중간에 붙여넣기를 한 것이라고 했다. 그러고는 동영상 편집프로그램으로 시범을 보였다. 30초도 걸리지 않았다. 광화문 무대에서나 집회기획팀 사무실에서나 사실상 누구든 노트북에 접근해 파일을 조작할 수 있었다.

광화문의 집회기획팀장은 노트북을 돌려받으려고 하지 않았다.

"우리는 저 노트북 못 써요."

"왜요?"

하 경감이 물었다.

"노트북에 뭘 깔아놨을지 알고 우리가 저걸 씁니까?"

팀장이 말했다.

"뭘 깔아놓다니요?"

하 경감은 담담한 목소리로 되물었다.

"의심스러우면 바이러스 체크나 뭐 그런 걸 해보세요."

"체크해도 안 나오는 걸 깔았겠죠."

그러면서 팀장은 고개를 돌려, 보이지도 않는 청와대 쪽을 힐금 쳐다보았다. 탄핵이 좌절되고 나서 경찰과의 대면에서 히스테리 반응을 보이는 사람들이 적지 않았다. 하 경감이 뒤를 보며 고개를 까닥하자 박 경장이 노트북을 받아 무대 테이블에 올려놓았다.

"왜 이러세요?"

"일단 확인해보세요, 이상한 게 있는지."

하 경감이 감정 없이 말했다.

"우린 사건 수사만 할 뿐이에요."

"그러시든가."

팀장이 잠시 하 경감을 노려보다가 중얼거렸다. 그는 팀원 하나를 불렀다.

하 경감은 느긋한 얼굴로 뜸을 들이다가 다시 팀장에게 말을 걸었다.

"어떠셨어요? 영상을 처음 봤을 때."

"어땠냐……."

팀장이 생각을 다듬었다.

"불쾌했어요."

팀장이 얼굴을 찡그리곤 말을 이었다. 불려 온 팀원이 노트북을 켜고 점검하기 시작했다. 하 경감은 팀장에게 구체적으로 어떤 점이 불쾌했느냐고 물었다. 팀장은 입술을 달싹거렸지만 결국 입을 다물었다.

하 경감은 팀장이 생각을 정리할 때까지 기다렸다.

"……그러니까 제 입장에서 딱히 불쾌할 건 없었네요. 하지만……."

팀장은 다시 곰곰 생각하는 표정으로 돌아갔다.

"불쾌해야 할 이유 하나 없이 불쾌한 동영상이었다고 할까."

팀장은 고개를 들고 공감을 바라는 눈빛으로 하 경감을 바라봤다.

하 경감은 부산하게 움직이고 있는 자원봉사자 몇과 이야기를 더 나눴다. 한 봉사자는 그 동영상이, 영화과에 다니는 다른 봉사자가 만든 실험영화의 한 장면인 줄 알았다고 했다. 다른 한 봉사자는 촛불집회가 심심할까봐 기획팀에서 재밌으라고 끼워 넣은 동영상인 줄 알았다고 했다. 현장에 있었던 누구도 그 동영상을 진지하게 여기고 있지 않았다. 한 봉사자는 하나도 진지하지 않게 생긴 남자가 나와서 너무나 진지한 얘기를 하기에 웃었다고 했다. 실제로 동영상이 끝났을 때 무대 앞에 있던 시민들 사이에서 웃음소리가 터져 나왔었다고 했다.

"웃겼다…… 박수를 쳤다……."

하 경감은 그 말을 왜 적는지도 모르면서 수첩에 적었다. 팀장처럼 불쾌했다고 답한 친구들도 있었다. 그녀 자신도, 플라스틱맨이 언젠가 읊은 협박이 실은 걸그룹의 노랫말이었다는 사실을 알았을 때 불쾌했었던 기억이 났다. 정말 불쾌했다.

같은 시간 서초동의 오피스텔에선 탄핵 심판에 참여했던 한정수 헌법재판관이 법조계에서 완전히 은퇴하기 전에, 자신이 과거에 참여했던 재판 기록들을 살피고 있었다. 회고록을 쓸 생각도 있었다. 그는 일을 새롭게 벌이기보다 지난날을 먼저 정리해두고 싶었다.

한 재판관은 육체적으로 무너지고 있었다. 왼쪽 무릎과 오른쪽 어깨는 관절염이 심해져, 진통제를 먹지 않으면 수시로 바늘이 찌르는 듯 고통스러웠다. 탄핵 심판 이후에는 스트레스로 왼쪽 신장도 제 기능을 하지 못했다. 간수치도 위험했고, 눈도 잘 보이지 않았다.

정신도 온전치 못했다. 한 재판관은 기억 속에서 법조문들을 분류해놓은 칸막이들이 무너져, 어떤 사건에 어떤 항목을 적용해야 할지 난감할 때가 많았다. 판결문 하나 쓰는 데도 비서가 논리를 다듬어줘야 했고, 동료가 작성한 판결문은 몇 번씩 반복해 읽어야 겨우 의미가 파악됐다. 그러고도 엉뚱하게 이해한 경우가 많아 그는 동료의 판결에 대해 더 이상 질문하기를 그만뒀다. 남이 하는 말의 의미가 제대로 파악되지 않으니, 오해가 잦고 화를 내는 일이 점점 많아졌다. 며칠 전에도 백화점 정장 코너에 아들과 함께 결혼식 예복을 맞추러 갔다가 재단사의 뺨을 후려쳤었다.

한 재판관은 육체적 붕괴는 감출 수 없더라도, 정신적 붕괴에 대해서는 필사적으로 쉬쉬했다. 그는 소문이 날까봐 5년 전부터 가족과도 떨어져 오피스텔에서 생활하고 있었다. 세상에서 가장 가벼운 입은 가족의 입이었다.

"청소입니다."

인터폰 화면 속에는 청소용역업체 점퍼를 입은 사내가 진공청소기의 손잡이에 한 팔을 기대고 있었다.

"청소라……."

한 재판관은 어째서 토요일 오후에 청소부가 왔는지 의아했다. 정해진 청소 스케줄은 화, 목요일 오전이었다. 하지만 그의 망가져가는 정신은 그 사실을 기억해내지 못했다. 뭔가 잘못됐다는 어렴풋한 느낌만 들었다. 그는 도어록을 풀고 사내를 안으로 들였다.

사내가 진공청소기의 코드를 콘센트에 꽂고 카펫의 먼지를 빨아내기 시작했다. 한 재판관은 집무실로 문을 닫고 들어가 다시 파일 더미를 들췄다.

"텔레비전에서 선생님을 뵌 적이 있어요."

사내가 한 손에 젖은 걸레를 들고 집무실로 들어와 말을 걸었다.

"텔레비전에 내가?"

한 재판관은 기억을 더듬어보았지만 자신이 언제 방송에 출연했었는지 알쏭달쏭했다. 그는 탄핵 심판 뉴스의 기록적인 시청률을 떠올렸어야 했지만 그 순간 어리석게도, 5년 전에 헤어진 딸

뻴 애인을 떠올렸다. 로스쿨 제자였다. 법학 전공 엘리트답지 않게 순종적이고 늘 남자의 기분을 배려할 줄 아는 여자라고 좋아했었다. 그런 애인은 그의 50년 여성 편력에 사귀어본 적이 없었다.

한 재판관은 마지막 애인을 그리워하느라, 자신의 얼굴이 탄핵 심판 뉴스를 지켜본 사람들에게 깊은 증오와 함께 각인되었다는 사실을 미처 떠올리지 못했다.

"책상에 왜 칼이 있나요?"

사내가 젖은 걸레로 책상 귀퉁이를 문지르다 말고 은색으로 반짝이는 물건을 집어 들었다. 사내는 턱을 들고는, 책상에 앉은 한 재판관을 깔보듯 내려다보고 있었다. 한 재판관이 판사석에서 유죄 선고를 내릴 때 피고인을 바라보던 바로 그 눈길이었다.

한 재판관은 몹시 기분이 나빴다.

"봉투 칼일세."

한 재판관이 말하자 사내는 신기한 물건을 살피듯 봉투 칼을 돌려보았다. 길이는 손바닥만 한데, 칼등이 부드럽게 휘어 있고 끝이 날카로운 게

옛날 무사들이 차고 다녔던 진짜 칼 모양으로 생겼다. 칼날은 두터웠지만 종이 정도는 문제없이 잘릴 만큼 예리했다.

"봉투 칼이 뭔데요?"

한 재판관은 봉투 칼의 용도를 설명해주려다 짜증이 났다. 기껏 용역업체 청소부 따위에게 질문을 받다니.

"청소나 하게."

사내가 눈을 반짝였다.

"교양 있는 사람들은 참 별걸 다 써."

그러면서 사내는 팔을 쭉 뻗어, 봉투 칼로 한 재판관 목의 울대뼈 바로 아래를 찔렀다. 사내는 목뼈가 비틀리는 게 느껴질 때까지 봉투 칼을 밀어 넣었다.

하 경감은 세 시 십 분경 광화문 남측 광장에서, 동아일보 사옥에 설치된 대형 전광판의 속보를 보다 입이 벌어졌다. 탄핵 심판을 이끌었던 헌법재판관 한 명이 괴한의 습격을 받았다. 재판관은 중상을 입고 병원으로 실려 갔고, 괴한은 베란다 창문을 열고 7층 아래로 뛰어내렸다. 속보가 끝나자마자 헌법재판관이 목숨을 잃었다는 자막이 흘러나왔다. 괴한은 의식불명 상태다.

하 경감은 박 경정에게 전화를 걸어 병원에 가봐야겠다고 알렸다. 괴한이 플라스틱맨일 수도 있겠다는 예감이 들었다. 범죄 현장은 관할 경찰서가 알아서 잘 훑고 있을 것이었다.

괴한이 입원한 중환자실이 있는 3층은 출입구가 모두 통제되고 있었다. 중환자실 면회객들은 일일이 신분증을 보여주고 출입 서류에 사인을 해야 했다. 병원 직원들도 똑같이 줄을 서서 기다렸다. 하 경감과 박 경장도 신분증을 보여주고 사인을 했다.

"이 사람이야?"

하 경감이 면회복 허리끈을 풀었다 다시 매며 물었다. 사건을 맡고 나서 허리둘레가 1인치나 줄어서, 가장 작은 치수를 골랐는데도 허리끈이 자꾸 풀렸다. 괴한이 뛰어내리고 난 뒤 어디서 뛰어내렸는지 경찰이 찾는 과정에서, 헌법재판관의 오피스텔을 찾았고 재판관을 발견하게 된 것이었다. 괴한의 몸 전체에 붕대와 깁스가 감겨 있었다.

"얼굴 붕대 좀 벗겨보라고 해요."

박 경장이 접수대에 있던 간호사를 불러왔다. 간호사는 진저리치며, 7층에서 화단으로 떨어진 환자인데 얼굴에 남아 있는 게 별로 없다고 했다.

"그래도 좀 풀어봐요."

간호사는 울상을 하고는 잠시 꾸물거리다가 의사를 불러왔다. 하 경감은 의사에게 얼굴 붕대를 풀어달라고 부탁했고 의사는 더 높은 병원 관계자에게 전화를 했다.

붕대는 지혈제와 피로 범벅이 되어 떼어내는데 시간이 걸렸다. 붕대를 한 꺼풀 벗겨낼 때마다 소독약 냄새가 피비린내와 뒤섞여 코를 찔러왔다. 붕대가 완전히 풀리고 얼굴이 드러나자 박 경장은 몸을 돌리고는 중환자실 바닥에 토를 했다. 용의자는 드러낼 얼굴이 없었다.

"이 지경인데 아직 숨이 붙어 있다고요?"

하 경감이 자기 또래인 당직 의사를 돌아보며 물었다.

"장기는 손상이 덜하거든요."

하 경감은 중환자실 옆 진료실에 임시로 마련

해둔 수사본부로 갔다. 두 평 반 크기에 책상 하나가 놓여 있었고, 순경 하나가 연락을 맡고 있었다.

"신분 확인은 됐어요?"

용의자에게서는 신분을 확인할 만한 물건이 하나도 나오지 않았다. 지갑도 없었고, 당연히 주민증도 없었고, 신용카드 한 장 나오지 않았다. 범행 전에 버린 게 틀림없었다. 오피스텔 복도 감시카메라에 찍히긴 했지만 모자를 눌러써 얼굴을 가렸다. 순경은 지문을 찍어 조회를 하고 있으니 결과가 곧 나올 것이라고 했다.

용의자의 물건은 병원 탈의실에서 빌린 플라스틱 상자에 분류되어 있었다. 청소용역업체의 상호가 박힌 점퍼, 줄무늬 긴팔 셔츠, 감색 면바지, 속옷과 양말, 단화였다. 하 경감은 가망 없는 작업이라는 생각을 하며 옷가지들을 볼펜 끝으로 하나씩 들춰봤다.

하 경감과 박 경장은 병원 마당에 나와 신원조회 결과가 나오기를 기다렸다. 지루하지는 않았다. 지루할 리가 없었다. 그녀도 상관만 아니라면 쭈그려 앉아 속엣것을 죄다 게워냈을 것이었다. 얼굴 없는 사내가 저지른 짓은 보통 살인이 아니었다. 명백히 증오 범죄였고, 앞으로 닥칠 더 큰 증오 범죄들을 이어줄 사슬의 첫 번째 고리일지도 몰랐다.

아니, 다른 증오 범죄들은 이미 벌어졌거나 벌어지고 있을 것이었다. 601번 버스 폭발사건도 그 하나로 봐야 했다. 그녀는 언젠가 꾼 꿈이 기억났다. 알프스 소녀 하이디가 밀려오는 해일에 맞서는 꿈이었다. 하이디는 몽마르트 마을을 덮치는 검은 해일 앞에서도 명랑한 목소리로 요들송을 불렀다.

하 경감은 어째서 피해자가 문을 열어줬는지 좀처럼 이해할 수가 없었다. 관리실에 알아보니 토요일 오후 시간에 청소용역을 부른 적은 한 번도 없었다. 미화원들이 수고비를 받고 입주 세대를 개별적으로 청소해주는 경우가 있는데, 미화원들은 모두 여성인 데다 주중에만 일감을 받았다.

"처음 보는 웬 남자가 스케줄에도 없는 토요일에 청소를 하겠다고 문을 열어달라는데 덜컥 열어줘?"

하 경감이 현관으로 들어서며 중얼거렸다. 용의자가 들고 들어온 진공청소기 같은 청소 도구들이 아직 거실에 남아 있었다. 돌아보니 거실하고 주방은 정말로 청소를 한 티가 났다. 텔레비전 윗면의 먼지까지 깔끔하게 털어냈다.

헌법재판관이 발견된 집무실은 천장까지 혈흔이 튀어 있었다. 박 경장은 이번에도 욕실로 뛰어 들어가 구역질을 하고 나왔다. 재판관은 책상에 엎드려 발견될 때까지 피를 흘렸다. 피비린내와 으스스한 살인 현장의 분위기가 하 경감의 머리를 압박해왔다.

지문조회 결과가 나왔다. 하 경감은 차를 몰고 봉천동 용의자의 집으로 갔다. 저녁 일곱 시였다. 집 앞에는 이미 경찰차가 와 있었다. 들어가 보니 관할 경찰서에서 나온 형사들이 가족들과 이야기를 나누고 있었다. 그녀는 거실 벽에 기대서서 보고서를 훑으며 가만히 듣기만 했다. 플라스틱맨은 아니었다. 기대는 했지만 현장에서 청소 도구들을 보고는 이미 이 사람은 아닐 거라는 느낌이 들었었다. 아내는 영문을 모르겠다는 표정으로 남편이 무슨 사고를 당한 거냐고 계속 물었다. 딸로 보이는 한 아이가 겁에 질린 얼굴을 하고 식탁에 앉아 있었다.

용의자는 목공회사에 다니다 이태 전 실직을 했고 임시직들을 전전하고 있었다. 그중에는 용역업체의 빌딩 미화 일도 있었다. 보고서를 보니 전과는 없었고 신용등급도 그리 낮지 않았다. 이번 일이 있기 전에는 신원이 조회되어본 적도 없었다. 가정의 생계는 주로 보험회사에 다니는 아내가 꾸려가고 있었다.

"남편은 술 한 방울 입에 안 대는 사람이에요."

아내가 단호하게 말했다. 그러고 보니 중년 남성 실직자가 사는 집이면 으레 나기 마련인 역한 술내가 전혀 나지 않았다.

"남한테 싫은 소리 한 마디 해본 적이 없는 사람이라고요."

아내가 목소리를 높였다.

"미래야, 아빠가 언제 우리한테 손찌검 한 번 한 적 있니?"

아내가 딸을 돌아보며 소리를 질렀다.

"김민형 씨가 오늘 몇 시에 나가셨다고요?"

형사가 물었다.

"열한 시쯤이요, 그치? 왜요?"

아내가 물었다.

"어디로 간다고는 말하지 않았고요?"

"그런 거 일일이 보고하고 나다니는 남자가 어디 있어요!"

형사는 태블릿 PC를 열어 병원에 있던 용의자의 옷가지 사진을 보여줬다.

"이게 뭐예요?"

아내는 한참 화면을 들여다보더니 차분한 목소리로 물었다. 하 경감은 아내의 표정이 빠르게 안정을 찾아가는 것을 지켜보았다.

"남편분이 입고 나간 옷 맞아요?"

아내는 모른다고 했다.

"남편이나 보여줘요."

아내는 차분하고 단호하고, 사무적인 목소리를 냈다.

"보여드릴 얼굴이 없는데……."

형사가 아내의 눈을 똑바로 쳐다봤다. 아내는 무슨 뜻인지 몰라 당황한 표정으로 몸을 부들부들 떨기 시작했다.

하 경감은 열한 시에나 몽마르트 마을의 집에

들어왔다. 거실에선 오빠 알름 씨가 텔레비전을 켜놓고 소파에서 잠들어 있었다. 그녀가 처음 보는 케이블 채널이었고 젊은 남자 하나가 무대에 나와 있었다. 그녀는 걸음을 멈췄다. 화면 한 귀퉁이에 '불가능한 꿈을 꾸자, 그러나 플라스틱맨이 되자!'라는 괴상한 흘림체의 제목이 떠 있었다.

하 경감은 텔레비전을 보지 않은 지 오래라 젊은 남자가 누군지 알 수 없었다. 하지만 시청자들을 웃기려고 나왔다는 사실은 알 수 있었고, 개그 프로그램이라는 것도 직감적으로 알 수 있었다.

남자는 조명을 받아 반짝이는 흰색 턱시도를 걸치고 있었다. 머리카락은 기름을 발라 가르마를 탔고, 스툴에 비스듬히 엉덩이를 걸친 채로, 쉴 새 없이 까딱거리는 발엔 탭댄스를 출 때나 쓰는 탭 슈즈를 신고 있었다. 역시 반짝이는 흰색이었다. 그리고 얼굴엔 속이 비치는 플라스틱 가면을 쓰고 있었다. 피에로처럼 입이 좌우 귀밑까지 길쭉하게 터져 있었다. 가면도 반짝였다. 남자 왼편에서 피디 역할인 것 같은 사람이 큐 사인을 주었다.

남자가 아기의 옹알이 같은, 도저히 못 알아들

을 발음으로 객석을 향해 말을 건네기 시작했다.

하 경감은 남자가 누굴 흉내 내고 있는지 바로 알아차렸다. 경찰이 언론에 동영상을 공개한 것이 이런 식의 반향이 되어 돌아올 줄은 생각 못 했다. 그녀는 눈 밝고 성실한 시민들의 제보를 기다렸지, 개그 프로그램을 기다린 게 아니었다. 그녀는 모욕감에 저도 모르게 주먹을 쥐었다.

객석에서 무슨 소리냐는 불평들이 나왔다. 미리 입을 맞춘 불평이었다. 그러자 피디가 남자에게 다가가 과장된 몸짓을 섞어 말 좀 똑바로 하라고 속삭였다. 남자는 이번엔 화난 표정을 짓더니 큰 소리로 객석을 향해 아무도 못 알아들을 옹알

이를 해댔다.

객석에서 폭소가 터지고 박수 소리가 들렸다. 몇몇 방청객은 웃겨 죽겠다는 듯이 배를 잡고 온몸을 흔들었다. 남자는 객석의 반응이 클수록, 웃음소리가 클수록 더 큰 소리로 옹알이를 해댔고, 옹알이 소리가 커질수록 객석의 웃음소리도 커졌다.

하 경감은 가슴이 철렁 내려앉는 것 같았다. 저게 본방송일까…… 플라스틱맨이 보고 있지는 않을까…… 저 코너를 중단시키려면 누구를 통해 어디에 공문을 보내야 할까…… 그러면 외압이라며 오히려 일이 더 커지지 않을까…….

가면을 쓴 남자는 스툴에서 벌떡 일어나 삿대질까지 하며 방청객들과 다투었다. 남자의 액션이 커질수록, 분노에 사로잡힐수록, 객석의 박수와 웃음은 커져갔다. 이제는 무대와 객석이, 서로 선창과 후렴을 맞추듯 액션과 리액션을 주거니 받거니 하고 있었다.

그러다 차츰 말렸던 혀가 풀어지는 것처럼 옹

알이 소리가 명료해지기 시작했다. 하 경감은 골치가 쑤셔왔다.

"나는 애초에 우리 엄마 같은 여자가

방송국 편성부장님이 되는 걸 반대했거덩.

편성부장이 우리 엄마라니 정말 끔찍하지 않니?

우리 엄마를 겪어봤다면 누구라도 날 이해할 끄야.

난 편성부장님이 여자라서 싫어하는 게 아냐.

난 모태 페미니스트라고!

인간은 다 모태 페미니스트 아냐? 다들 엄마 배 속에 있었잖니?

뭐? 아저씨는 아빠 배 속에 있었다공?

아저씨가 우리 엄마 같은 사람이야, 나를 미치게 하지.

부장님은 돌아올 수 없는 강을 건너고 있어요,

우리 코너를 없애자고 그랬다넹.

부장님은 잠자는 사자의 영혼을 건드린 거야.

다음 주 금요일까지 물러나지 않으면,

애꿎은 개그맨 하나가 또 죽는다!"

객석에서는 지금까지 중 가장 큰 박수와 웃음이 터져 나왔지만, 하 경감의 얼굴은 근심으로 잔뜩 구겨졌다.

"왔어?"

알름 씨가 소파에서 고개를 들더니 물었다. 그는 리모컨을 더듬거려 찾아 텔레비전을 껐다.

모든 곳을 바라볼 단 하나의 방법

그 젊은 개그맨은 인기가 있는 모양이었다. 플라스틱맨을 흉내 낸 개그 동영상은 하 경감이 일요일 아침 눈 뜨기 전에 이미 유튜브에서 조회수가 만 건을 넘어서고 있었다. 몽마르트 마을의 카페 골목에 가 브런치를 먹을 즈음엔 5만 건을 넘었고, 헬스장에 가서 근력운동을 하는 동안에는 15만 건을 넘었다.

월요일에 출근을 하고 보니 경찰서 안에서도 개그 동영상을 보지 않은 사람이 없었다. 하지만 반응은 제각각 달랐고 하 경감만큼 심각하게 받아들이는 사람은 없었다. 박 경장도 봤다.

"보다가 뿜었다니까요."

박 경장이 말했다.

"뭘 뿜어?"

"라면이요. 팍! 하고."

박 경장은 입에 들었던 라면 면발을 쏟아내는 시늉을 했다.

하 경감은 잠시 딱하다는 표정으로 박 경장을 바라보다가 모니터 앞으로 가 앉았다. 불길한 예감에 가슴이 뛰는 이는 자신뿐인지도 몰랐다. 그녀는 오후가 다 가기 전에 시사주간지 사무실로 두 번이나 전화를 해 플라스틱맨의 우편물이 왔는지 물었다. 김 기자 소식도 물었고, 이미 퇴사 처리되었다는 대답을 들었다. 화요일에도 네 번쯤 전화를 해 우편물 소식을 물었고, 수요일이 되자 가는 목소리로 전화를 했다. 오후 네 시쯤에 시사주간지 사무실에서 전화가 왔다.

하 경감은 박 경장에게 퀵 서비스 시키지 말고 직접 가서 가져오라고 했다.

"선배 꼭 애인 기다리는 사람 같아요."

"뭐?"

"우편물 왔냐고 물어보는 목소리나, 왔다니까 재깍 버선발로 달려 나오는 거나. 누가 보면 플라스틱맨이 애인인 줄 알겠어요."

"무슨 개소리야!"

하 경감은 화를 벌컥 냈다. 한 시간쯤 지나 박 경장이 USB가 든 우체국 봉투를 들고 왔다. 둘은 USB에 든 파일을 몇 차례나 돌려 봤다. 전과 똑같았다. 박 경장은 그것 보라는 표정이었지만, 그녀는 아무런 변화가 없다는 점이 오히려 불안했다. 놈이 자신을 소재로 삼은 개그 동영상을 보지 않았을 리 없고, 봤다면 사소하게라도 반응이 없을 리 없었다.

하지만 금요일이 지나고 토요일이 지나고 다시 월요일이 되도록 버스 사건이나 헌법재판관 사건 같은 눈이 번쩍 뜨이는 사건은 일어나지 않았다. 개그 동영상은 조회수가 50만 건이 넘어섰다.

수사는 진전이 없었다. 버스 사건도, 재판관 사건도 실마리가 나오지 않았고 테러사건으로 전환되지도 않았다. 동영상을 찍은 카메라 기종도 너무 흔한 것이라 추적이 어렵다는 보고가 올라왔다. 이쯤하면 부모 형제라도 제보를 해올 것 같은데, 그럴싸한 제보 한 건이 없었다.

“동영상까지 방송을 탔는데 제보들이 어떻게, 만날 엉뚱한 사람이랑 헛갈릴 수가 있지?”

하 경감이 플라스틱맨 얼굴을 띄운 모니터를 두드리며 중얼거렸다.

“너무 평범해서 그래요.”

박 경장이 눈치를 보며 대꾸했다.

“오달지게 평범해 보이잖아요. 영혼까지 레디메이드 같고. 마네킹 같고.”

박 경장이 손가락으로 모니터를 찌르며 말했다.

“딱 플라스틱맨.”

하 경감은 흉하게 미간을 찌푸렸다.

“이 세상에 평범한 사람이 어디 있어?”

하지만 정말로 플라스틱맨은 영혼까지 평범해서, 아무도 기억에 담아두려 하지 않는 것인지도 몰랐다. 그래서 제보들이 이 모양인 것이다. 그마저도 이제는 뜸해지고 있었다.

제보 업무를 통해 하 경감이 새로이 알게 된 사

실도 있었다. 평범한 시민들이 자기 주변 사람들에게 얼마나 화가 나 있고, 그들을 얼마나 망쳐놓고 싶어 하는가 하는 사실이었다. 기회만 있다면 교도소에라도 보낼 기세였다. 그녀도 이번 주 들어 까닭 없이 울화가 터져 오빠에게 두 번이나 소리를 질렀다. 화요일이 되자 다시 우편물이 왔다. 하지만 역시 내용에 변화는 없었다.

토요일이 되자 하 경감은 불안해서 가만히 앉아 있을 수가 없었다. 언론은 정부 여당의 대통령 중임을 내용으로 하는 개헌 논의 보도로 시끄러웠다. 뭔가 덮쳐올 것 같았다. 그녀는 사건이 터지고 사람들이 죽을 그 장소에, 이번엔 꼭 자신이 가 있어야만 한다고 생각했다. 하지만 어디인 줄 알고? 몇 시인 줄 알고? 몸뚱이도 하나뿐인데?

자신의 두 눈으로 모든 곳을 바라볼 방법은 하나뿐이었다.

"테러사건으로 전환해요."

하 경감은 박 경정에게 전화를 했다.

"회의에 들어가야 해."

"들어가서 말씀해주세요."

하 경감은 물러나지 않을 생각이었다.

"오늘 말씀하시고 테러사건으로 전환하시라고요. 시민들이 스스로 주변을 감시하도록 해달라고요."

"어허, 이 친구가."

박 경정이 혀를 찼다. 그러고는 한참이나 침묵을 지켰다.

"내가 딴 사람 설득 잘 못 하는 건 알잖아."

박 경정이 주저하는 목소리로 말했다.

"약속은 못 해."

박 경정은 한숨을 쉬었다. 회의가 끝나고 그가 전화를 했다.

"해보자, 테러사건으로 전환해보자고. 시민들의 눈을 활용해보자고."

박 경정은 공보 담당을 불러 테러사건으로 전환할 계획을 짜라고 했다. 하 경감은 나지막이 환호했다. 그러고는 공보 담당에게 내일 일요일 아침에 나와달라고 전화를 했다. 그녀는 밤 아홉 시까지 사무실에 남아 601번 버스 사건과 헌법재판관 살인사건을 테러사건으로 전환할 공보용 자료를 정리했다. 공보 담당과 내일까지 검토해서 한 문장이라도 모호한 구석 없는 공보 원고를 작성할 것이었다.

신의 오줌

하 경감은 다음 날 열 시에 서울경찰청으로 출근했다. 4월 9일 일요일이었다. 지나오다 얼핏 보니 이 이른 시간에도 광화문광장은 대통령의 하야와 국정농단 사건의 엄정한 수사를 요구하는 시민들로 북적거리고 있었다. 어제 촛불집회의 흔적도 여기저기 남아 있었다.

경찰청에서 하 경감과 공보 담당이 미팅을 하는 동안, 강동구 길동의 성당에서는 일요일 교중미사를 준비하고 있었다. 정장을 차려입은 신자들이 벌써 예배당을 반쯤 채웠다.

한 사내가 고개를 주억거리며 뒷줄에 앉은 한

신자에게 다가갔다. 사내는 사이즈가 커서 헐렁헐렁한 감청색 정장에, 튀어 보이는 자주색 줄무늬 넥타이를 매고 있었다. 병이라도 있는 것처럼 계속 고개를 주억거리는 게 이상하긴 했지만, 언젠가 이곳 성당에서 본 것 같은 친근한 느낌을 풍기는 사내였다.

"신부님, 이 안에 계십니까?"

사내는 성당 벽에 붙여 세워놓은, 나무로 짠 직육면체 상자를 가리켰다. 높이가 2미터쯤 되고 두 칸으로 나뉜 고해성사실이었다. 입구에는 보라색 암막 커튼이 드리워져 있었다.

"안 계실걸요."

질문을 받은 신자가 말했다. 커튼 아래로 발이 보이지 않았다. 제단 위에서 감실을 닦던 신부가 단을 내려와 다가왔다. 신부는 손목시계를 봤다.

"고해 때문에 오셨나요? 제가 담당 사제인데요."

사내는 대꾸 없이 고개를 계속 주억거렸다. 어딘가 고장이 난 사내였다.

"20분 남았는데, 잠깐 고해하실 시간은 됩니다."

신부와 사내는 각각 칸에 들어가 앉았다. 살창 너머에서 신부가 십자성호를 그었다.

"제가 병이 들었습니다."

사내가 말했다. 말하면서도 계속 고개를 주억거렸기 때문에 목소리도 구겨졌다. 신부는 말을 잊고 사내를 바라봤다. 사내가 십자성호를 긋지 않은 때문이었다. 신자가 아닌 사람과 고해성사실에 들어온 적이 없었기 때문에 혼란스러웠다.

"병이라면…… 죄를 말씀하시는 겁니까?"

"아뇨."

사내의 머리는 멈출 줄을 몰랐다.

"병이라고요."

"어떤 병인가요?"

신부는 얕게 한숨을 쉬었다.

"의심이요."

사내가 한 손을 살창에 올렸다. 부들부들 떨리는 사내의 손가락을 따라 살창도 같이 흔들렸다.

"의심이 병인가요?"

신부는 일부러 가벼운 목소리로 물었다. 그는 고해성사실을 나가서 감실이나 계속 닦고 싶었다.

"신부님, 선악의 경계가 그토록 명료하다면, 그래서 선악을 그토록 간단하게 분별할 수 있다면……."

어느새 살창 너머 사내의 머리가 주억거리기를 멈췄다.

"어떻게 세상에 악이란 것이 존재할 수 있을까요?"

신부는 사내의 말을 제대로 알아듣지 못했다. 발음은 명료했지만 어딘가 고장 난 것 같은 사내의 입에서 나올 법하지 않은 말, 예상치 못한 말이 흘러나왔기 때문이었다.

"무슨 말씀이신지."

신부는 두려웠다.

"선악이 그토록 분명하다면, 세상에 어떻게 악이 있을 수 있겠느냐고요. 누가 굳이 악을 저지르면서 살겠느냐고요. 선은 품고 악은 당장에 치워버리겠지."

사내의 목소리가 부들부들 떨렸다.

"안 그렇습니까, 신부님? 선악을 그토록 쉽게 분별할 수 있다면 인간이 어떻게 악인이 되겠느냐고!"

신부는 대꾸를 할 수가 없었다. 그는 떨리는 목소리로 간신히 소리 내 물었다.

"혹시…… 성도이십니까?"

"할 말이 겨우 그뿐이야? 내 심오한 물음을 듣고도? 그러면서 신을 논하나?"

사내는 벌떡 일어나 요란하게 고해성사실을 뛰쳐나갔다. 신부도 꾸물거리다 불안한 마음에 쫓아 나갔다. 사내는 휘청거리는 걸음걸이로 예배당 입구로 가고 있었다. 들어오는 신자들과 어깨를 부딪칠 때마다 가벼운 항의 소리가 들려왔다.

사내는 입구 쪽 성수반 앞에서 걸음을 멈췄다. 은은한 이끼색이 도는 커다란 사기그릇으로, 바티칸의 성 베드로 성당에서 선물 받은 것이었다. 성수반을 얹어놓은 대리석 기둥도 대만 화롄에서 깎아 가져온 것이었다. 사내는 성수반에 담긴 축복받은 물에 두 손을 담갔다.

"이게 뭐야? 무슨 물이야?"

사내가 뒤쫓아 온 신부에게 물었다.

"하나님께 봉헌한 물입니다."

그러자 사내는 다시 고개를 주억거리기 시작했다. 그는 목소리를 높였다.

"이런 제길! 내가 신의 오줌을 따라온 거잖아!"

"성도이십니까?"

신부가 당황해서 말했다.

"성도가 아니라면 나가주시겠습니까?"

신부는 자기 입에서 나가달란 말이 나왔다는 사실이 믿기지가 않았다. 사제가 할 말이 아니었다. 성당의 경비원이 할 말이었다. 하지만 신부에겐, 그 순간만큼은 사내가 정체를 알 수 없는 큰 위험처럼 느껴졌다.

사내는 소리 내 웃었다. 그러고는 두 손으로 성수를 떠 푸덕푸덕 얼굴을 씻었다. 신부는 말릴 수가 없었다.

"성도냐고?"

사내가 얼굴을 들었다. 굵은 물줄기가 목덜미로 흘러내렸다.

"그래, 이슬람 성도다! 내 그리 물을 줄 알고 지 지난주에 이슬람으로 개종을 했거든!"

사내는 물이 흘러내리는 얼굴을 세차게 주억거

리며 소리쳤다. 오염된 신의 물방울들이 신부의 얼굴에 날아와 튀었다. 사내는 두 손을 성수반에 담가 물을 퍼서는 신부에게 뿌렸다.

"옜다, 신의 오줌이다!"

신부는 놀라 뻣뻣하게 굳어버렸다.

"비켜, 기도 시간이야."

사내는 신부를 밀치고는 예배당 가운데를 향해 걸음을 옮겼다. 이제 미사가 시작될 시간이라 통로에는 사람이 없었다. 신부는 정신을 차리고 사내를 쫓아가 잡았다.

"뭘 하시려는 겁니까. 잘못하시는 겁니다."

"우리 신은 잘못하지 않아. 잘못은 너희 신이 하지."

사내는 차가운 미소를 지어 보였다. 그러고는 두 손으로 자기 재킷을 잡고는 좌우로 세게 잡아당겼다. 헐렁하게 늘어져 있던 재킷 단추가 떨어져 나가며 셔츠 위에 걸치고 있던 푸른 비단 조끼가 드러났다.

신부는 그 순간 자기가 정확히 뭘 봤는지 따져 볼 시간이 없었다. 조끼 위에 걸쳐져 있는 그런 물건은 난생처음 보는 것이라, 어차피 찬찬히 뜯어봐도 몰랐을 것이었다. 신부에겐 따져볼 시간도, 회개할 시간도, 고통을 느낄 시간도 주어지지 않았다. 그저 찰나의 공포, 순식간에 시작됐다 사라져버린 난데없는 공포뿐이었다. 섬광이 번쩍였다. 그리고 신부는 산산조각이 되어 날아갔다.

사내의 근처 10미터 안의 모든 신자가 같은 운명을 맞았다. 사방 10미터면 예배당 넓이의 5분의 1이었다.

구덩이

이제 그 일련의 사건들이 테러사건이라는 사실을 모르는 시민은 없었다. 601번 버스가 폭발한 것도, 헌법재판관이 살해된 것도, 성당 예배당에서 폭탄이 터진 것도, 사회에 공포심을 불러일으키려는 정치적 목적을 가진 테러 범죄라는 사실을 시민들 누구나 알았다. 경찰청이 테러사건으로 굳이 전환하지 않았어도 2017년 4월 9일 11시 이후로는 모르는 사람이 없게 되었다.

정부는 성당의 스테인드글라스들이 산산조각이 되어 대로 건너편 아파트촌에까지 오색 꽃비처럼 쏟아진 사건을 두고 다른 이유를 둘러댈 수가 없었다. 키가 3미터나 되는 육중한 성당 출입문은 차들을 뭉개며 주차장을 가로질렀다. 유리 조각들은 멀리 길동 공원을 산책하는 행인들에게까지 날아가 살갗을 찢고 베어 울부짖게 만들었다.

폭발 직후 강동구의 모든 병원에서 앰뷸런스가 출동했다. 구경꾼들이 몰려나와 사거리까지 새하얀 앰뷸런스들이 경광등을 번쩍이며 줄을 서 대기하고 있는 광경을 지켜봤다. 소방대원들이 잔해를 치워 주차장에서부터 예배당까지 출입로를 확보했고, 앰뷸런스 한 대가 들어가 부상자를 싣고 나오면 다른 한 대가 들어가 다시 부상자를 싣고 나왔다. 걸을 수 있는 부상자는 부축을 받고 주차장을 나와 앰뷸런스에 올랐다. 경찰은 아수라장이 된 성당을 둘러싸고는 일반인의 접근을 막았다. 붕괴할 위험이 있고 아직 터지지 않은 폭탄이 있을 수도 있었다.

하 경감은 공보 담당과 월요일에 있을 공보 원고를 짜다가 뉴스 속보를 들었다. 입에서 욕부터 튀어나왔다. 그녀는 분을 참지 못해 화장실로 달려가 문을 잠그고는 세면대 앞에 서서 소리를 질러댔다. 테러사건을 숨긴 박 경정이 이번 참사에 책임이 있다고 언론에 고발할까 하는 생각까지 했다. 박 경정이 버스가 폭발한 직후부터 테러사건임을 알렸다면 이번 참사는 막았을 수도 있었다…….

하지만 화장실을 나올 때쯤엔, 그런 결정들을 박 경정 혼자 내리는 것이 아니라는 사실을 받아들였다. 실은 박 경정이 회의실에서 제 목소리를 낼 수나 있는지 의문이었다.

하 경감은 사무실에서 공보 담당과 박 경장을 데리고 나와 함께 사건 현장으로 갔다. 하지만 그녀 일행도 5백 미터 밖에서 기다려야 했다. 사망자 수습과 부상자들을 앰뷸런스에 싣는 작업이 아직 끝나지 않았고, 경찰특공대의 폭발물 처리반도 아직 수색 중이었다. 박 경정도 도착했다. 둘이 눈이 마주쳤지만 박 경정은 그녀의 이글거리는 눈길을 피했다. 경찰청의 간부들도 속속 도착해 삿대질을 해대며 현장 요원들을 부렸다.

하 경감 일행은 경찰청으로 돌아와 뉴스 속보

를 보며 공보 자료를 썼다. 사건에 대한 브리핑은 다른 공보관이 작성하고 있었다. 뉴스 화면에는 폭발이 있었던 성당의 내부가 비쳤다. 감식반이 찍은 영상이라는데 조명이 없어 어둑어둑한 데다 잿빛이 대부분이고, 물에 젖어 있어서 알아보기가 힘들었다. 예배당의 나무 장의자들은 바람에 날린 낙엽들처럼 무질서하게 흩어져 쓰러져 있었다. 불에 그을린 옷가지들과 성경책들도 보였다. 뉴스 앵커는 단 한 가지도 성한 것을 발견할 수 없었습니다, 라는 소방대원의 말을 인용했다.

잠시 후 카메라는 거대한 숟가락으로 푹 떠낸 듯이 팬 성당 바닥을 비췄다.

"거기가 폭발 지점인가요?"

앵커의 물음에 카메라를 들고 있던 감식반이 답했다.

"네, 이런 구덩이가 성당에 있을 리가 없잖아요."

"바닥이 콘크리트 아닙니까? 콘크리트가 저 지경이 됐다면……."

화면 아래로는 자막이 지나가고 있었다. 사망

자 53명에, 병원에 실려 간 부상자가 181명이었다. 병원에는 가지 않았어도 성당 안에 있던 대부분이 귀가 울리고 두통을 호소한다는 자막도 나왔다. 사망자와 부상자의 신원이 보도됐다. 성당의 사제가 둘 사망했다. 근사한 직함들이 그 뒤를 이었다. 보건복지부의 고위 간부, SK그룹의 이사, 도로공사의 부장, 적십자사의 간부……. 앵커는 사망자 명단을 부른 뒤, 종교 집회가 명사들의 사교 장소로 활용되고 있는 만큼 유력인사들의 이름이 많이 보인다고 설명했다. 박 경정과 회의실에 들어가곤 했던 경찰청의 고위 간부도 있었다. 진즉에 테러사건으로 전환했더라면 목숨을 잃지 않았을지도 모를 인물들이었다. 이어진 부상자 명단은 더 화려했다. 영화배우 둘과 가수가 크게 다쳤다.

어쩌면 방송국의 정보력이 경찰보다 이런 쪽에서 발이 더 빠르고 유용할지도 몰랐다. 방송국은 성당에 감시 카메라가 몇 대 있는지 알아내서는, 종교적인 이유로 예배당 안에는 감시 카메라를 설치하지 않았다고 알렸다. 복도와 출입구에 설치된 카메라의 영상은 경찰이 가져갔다.

일주일의 끝

예상은 했지만 서울경찰청의 분위기가 단 일주일 만에 이렇게까지 바뀔 줄은 몰랐다. 테러가 일어난 길동성당으로부터 시작된 높은 파도가, 종로 내자동의 경찰청에까지 밀어닥쳐 고인 물 같았던 작태를 해일처럼 일신했다. 청와대에서 지시가 내려와 테러사건이 경찰청 최우선 선결과제가 되었다.

월요일에는 근사한 검은 정장의 사내들이 우르르 세단을 타고 나타나더니, 경찰청 4층에 새로운 사무실을 꾸렸다. 출입문에는 A1 사이즈의 종이가 현판 대신 붙었는데 큼지막한 명조체로 '국가위기관리센터'라고 프린트되어 있었다. 뒤이어 등에 'ONS'라는 흰 글자가 박힌 청색 재킷을 입은 기술자들이 나타났다. 그들은 경찰청 전산실과 4층 사무실을 오가며 통신선을 새로 연결하는 작업을 했다. 경찰청 내에서 유능하다고 소문난 수사관들이 차출되어, 센터 옆 사무실에 새로운 위기대응팀 사무실을 꾸렸다. 경찰청 부서마다 빈자리가 생겼다.

박 경정은 센터에도 대응팀에도 끼지 못했고, 출입 권한도 얻지 못한 모양이었다. 그의 경력에도 문제가 생겼다. 박 경장은 모자란 인력을 채우기 위해 청사 경비팀으로 내려갔다.

하 경감에게도 아무런 연락이 오지 않았다. 그녀는 테러가 일어나던 순간까지도 플라스틱맨을 쫓고 있었고 그에 대한 가장 많은 자료를 갖고 있었다. 하지만 누구도 그녀를 찾아오지 않았고 심지어 자료 요청 공문도 오지 않았다. 국가위기관리센터의 수사관들은 경찰청 서버에 저장된 수사자료만으로 충분하다고 판단한 것 같았다.

하 경감은 월요일 내내 자리를 지키며 늘 그랬

던 것처럼 플라스틱맨의 얼굴을 들여다봤다. 꿔다놓은 보릿자루가 된 기분이었다. 드디어 플라스틱맨 사건이 '셜록 홈스의 사건' 신세에서 벗어나 실체를 가지나 싶어 내심 설레었지만, 담당자인 그녀의 자리는 한 치도 나아가지 않았다. 그녀의 입장에서는, 한 떼의 관료가 가고 또 한 떼의 관료가 왔을 뿐이었다.

화요일 아침뉴스에는 성당 테러사건에서 살아난 사람들의 인터뷰가 나왔다. 그들은 예배당의 앞자리에 앉아 있어 피해를 덜 받았다. 대개는 무슨 일이 있었는지 알지 못했지만 한 사람이 폭발 순간을 기억했다.

"신부님한테 상의드릴 게 있었거든요. 그런데 미사 시간이 다 돼서도 안 보이시니까 일어나서 찾았죠. 저 뒤에서 어떤 남자랑 실랑이를 하고 계시더라고요. 어떤 남자…… 등만 보였는데 양복을 입고 있었고 아픈 사람처럼 계속 고개를 끄덕이고. 신부님 얼굴은 봤죠. 뭔가 되게 당황한 눈치시던데. 아시겠지만 성당 신부님들은 웬만해선 당황하지 않거든요. 간혹 당황하는 일이 있더라도 절대 내색을 안 하고. 그리고 남자가 부산하게 움직였는데……."

목격자는 울기 시작했다.

"번쩍하고는 난 기절했어요. 그리고 병원에 가서야 내 두 손이 부서졌고 내가 살아 있다는 걸 알았죠."

그게 끝이었다. 목격자들이 감시 카메라에 잡힌 테러 용의자를 특정했다는 소문이 들려왔지만, 역시 하 경감을 부르지는 않았다. 그녀는 사건 수사에서 제외된 게 분명했다.

오후에는 청와대에서 대통령의 대국민담화가 있었다. 이번엔 대통령이 직접 단상에 나왔지만 탄핵 심판 전과 달라진 점은 찾을 수 없었다.

"……국가적 재앙을 맞아 불온 세력이 우리 사회에서 준동하고 있습니다. 대통령은 저 뿌리 깊은 불온 세력을 근절시키지 못한 책임을 통감합니다. 돌아가신 분들과 병원에 계신 분들의 빠른 쾌유를 빕니다. 국가는 국민의 안전을 위해 혼을 다할 것입니다……."

노기가 느껴지는 목소리로 대통령은 말했지만 담화문은 귀에 거슬리는 문장들로 어색하기 그지 없었다. '국가적 재앙'과 '불온 세력의 준동'은 원인과 결과가 바뀐 것 같았고, 자신을 '대통령은'이라고 제삼자의 위치에 놓는 버릇도 여전했다. 단어를 깜빡하는 것도 여전했다. '돌아가신 분들'에게 빌 것은 명복이지 쾌유가 아니었다. 그리고 '혼'이라는 단어가 또 등장하고 있었다. 하지만 그 정도는 아무것도 아니었다. 담화의 마지막에서 하 경감은 눈이 번쩍 뜨였다.

"대한민국, 더 이상 이래선 안 됩니다. 자유민주주의가 위협받고 있습니다. 건국 선혈들과 저의 아버지의 자랑스러운 과거가 부정되고 또 미래의 아이들의 안전이 위협받고 있습니다. 기업인들과 소위 강남의 빌딩 부자, 땅 부자, 주식 부자는 같은 국민이 아닙니까? 분열은 안 됩니다. 이에 대통령은 오늘 개헌을 위한 국민투표를 제안합니다."

카메라 셔터 누르는 소리가 장마철 빗소리처럼 요란했다. 정부와 여당에서 개헌을 떠들고 있긴 했지만 대통령이 직접 공식적으로 밝힌 것은 처음이었다. 하 경감은 저도 모르게 헛웃음이 나왔다.

한 시간도 지나지 않아 인터넷 포털과 SNS에서는 광화문에 모여 청와대로 쳐들어가자는 주장들이 돌기 시작했다. 경찰청에도 비상이 걸렸다. 퇴근 시간을 앞두고 그녀는 광화문에 나가라는 지시를 받았다.

하 경감은 우악스런 촛불집회 시위대로부터 평화염원집회의 여성들을 보호하기 위해서 장비를 꾸려 경찰버스에 올랐다. 태극기 부대니 친박집회니 탄핵반대집회니 하고 여러 이름으로 불리던 집회들이 이제는 공통으로 '평화염원집회'라는 이름을 쓰고 있었다.

경찰은 광화문광장을 둘러싸고 섰다. 하 경감은 연초록 형광 조끼를 걸치고 있자니 창피한 생각에 얼굴이 붉어졌다. 고개를 들면 대형 전광판이 보였다. 저녁 내내 뉴스에서는 여론 달래기성 보도가 쏟아졌다. 대통령 중임을 걸고 개헌을 하더라도 박근혜 대통령은 출마할 수 없으니, 시청자들은 평정심을 잃지 말고 생업에 힘을 쏟으라는 내용이었다.

수요일에는 성당 테러사건의 새로운 희생자 통계가 발표됐다. 폭발 지점에 가까이 있다가 형체도 남지 않고 사라진 희생자들이 유전자 감식에 의해 추가되었다. 사망자는 61명이었고, 병원에 입원한 부상자도 193명으로 늘어났다. 새로 입원한 부상자 중에는 귀에서 피가 흘러나오는 증상을 보이는 이들이 있었다. 부상자 22명은 정신병원에 입원했다.

오후에는 다시 한 번 시민들을 자극하는 뉴스가 나왔다. 오는 토요일부터 촛불집회는 서울광장으로 가고, 평화염원집회는 광화문광장으로 가게 되었다. 평화염원집회 측이 서울경찰청을 상대로 낸 소송에서 이긴 때문이었다. 서울행정법원은 광화문광장을 사용할 권리는 모든 국민이 똑같이 가졌으며, 특정 세력이 오랜 기간 독점하는 상황은 불합리하다는 판단을 내렸다. 서울경찰청장은 즉시 법원의 명령을 따르겠다고 발표했다. 서울행정법원은 판단의 과정에서 연이은 테러의 책임이 촛불 세력에 있을 가능성을 무시하지 않았다고 밝혔다. 뉴스 앵커는 촛불집회 자체가 수사 대상이 될 수도 있다고 설명했다.

전에는 시민들의 요구에 귀를 기울이던 행정부와 사법부의 세력들까지 편을 바꾸고 있었다. 평화염원집회 참가자 수는 촛불집회 참가자 수의 반에 육박하고 있었다. 시민들이 광화문광장에서 순순히 물러서주면 좋겠지만 불복종 저항을 시작한다면 무슨 일이 일어날지 몰랐다. 그녀는 이런 저런 상념으로 시간을 때우다가 여섯 시에 퇴근했다. 올해 들어 정시 퇴근한 건 오늘이 처음이지 싶었다. 사건에서 밀려나면 이런 좋은 점도 있었다.

하 경감은 케이크와 소고기를 사들고 땅거미가 지기 전에 몽마르트 마을의 집으로 들어갔다. 클라라 씨와 피치가 환한 낯빛인 알프스 소녀 하이디를 반색하며 맞았다. 그들은 다 함께 식탁에 모여 저녁을 먹었다. 지난 설날에도 없었던 일이었다.

"고모, 나쁜 놈은 안 잡으러 가?"

피치가 케이크를 포크로 자르며 물었다.

"응, 이제 다른 사람들이 잡을 거야."

하 경감은 심상한 투로 말했다.

"그 사람들은 내가 있는 줄도 몰라, 주스 병 좀 줘."

식탁은 잠잠해졌다.

"내가 소개팅 시켜줄까?"

클라라 씨가 말을 꺼냈다. 하 경감의 눈이 휘둥그레졌다. 얼굴이 달아올랐다. 플라스틱맨이 나타나고부터는, 그놈이 자기 삶의 유일한 남자였다는 사실이 불현듯 떠올라서였다. 그런데 그놈마저 국가위기관리센터의 엉뚱한 놈들한테 빼앗길 위기에 처했다. 그녀는 고개를 끄덕였다. 클라라 씨는 미소로 화답했고, 그녀는 느긋하게 케이크 접시를 비우고는 위층으로 올라왔다.

목요일 아침, 하 경감은 종로경찰서 경비계로 가라는 부서 이동 명령서를 받았다. 그동안은 부족한 인원을 메우기 위해 잠깐씩 차출된 것이지만, 이제 발령을 받았으니 정식으로 그쪽 식구가 된 것이었다. 오늘부터 그녀는 매일 경찰 제복에 형광 조끼를 걸치고 광화문광장에 나가, 서로 다른 이유로 분노한 시민들 사이에 서야 했다. 박 경정은 그저 명령을 따르라는 말만 되풀이했다.

하 경감은 광화문 사거리 신호등 아래 정자세로 서서 청와대 쪽을 원망 어린 눈길로 바라봤다. 대통령은 국가를 사유화했다, 경찰은 집 지키는 개가 되었고 그 말단에 그녀가 있었다, 시민은 대통령이 나가라고 하면 나가야 하는 국가의 세입자가 됐고, 나가지 않으면 집 지키는 개들이 나서

서 물어뜯을 것이었다. 경찰이 되고 오늘만큼 무력감을 느껴본 적이 없었다.

하 경감은 의경들과 합류해 광화문광장으로 밀고 들어갔다. 서울경찰청장의 지시에 따라 광화문광장을 뒤덮은 농성 천막들을 거둬내기 위한 기습 작전이 시작됐다. 평일 오후라 시민들보다 경찰 수가 다섯 배쯤 많았다. 천막이 뜯겨 트럭에 실리고 농성자들은 소리를 지르며 경찰들에게 달려들었다. 그중 여성이 접근하면 여성 경찰들이 얼른 뛰어가 팔짱을 끼고 의경들에게서 떨어뜨려 놓았다.

"우릴 왜 쫓아내? 엄연히 허가받고 나온 건데. 너희가 뭐야?"

햇볕에 새카맣게 탄 중년 여성이 하 경감에게 소리를 질렀다.

"이제 그 허가 끝났어요."

지휘를 하던 경찰 간부가 사무적으로 말했다.

"서울광장으로 모셔."

"니들이 경찰이야? 이 독재의 개들아. 이 썩어빠진 지팡이야!"

중년 여성은 서울광장 쪽으로 끌려가면서 하경감의 경찰복에 계속 침을 뱉었다.

광화문에 천막이 치워지고 빈자리가 날 때마다 평화염원집회 측 사람들이 득달같이 달려와 자기들 천막을 세웠다. 천막이 다 그게 그거 같지만 양측에게는 신념이 달린 중요한 문제 같았다. 집단의 신념이, 자존심이, 실존이, 생존이 달린 문제였다.

광화문광장을 반쯤 치웠을 때 갑자기 촛불집회 쪽 시민들이 몰려들었다. 연락을 받고 급하게 달려온 듯했다. 하지만 이쪽에도 병력이 충원되었고, 평화염원집회 인원도 붙어서 여전히 경찰 쪽이 다섯 배쯤 많은 수를 유지하고 있었다. 한 사내가 천막 안으로 뛰어들더니 시너 통을 들고 나왔다. 사내가 뚜껑에 손을 대려는 순간 의경 하나가 하늘을 날더니 통을 걷어차버렸다.

광화문광장의 천막들을 모두 걷어내고 농성자들을 해산시키는 일은 자정이 되어서야 끝났다. 입에서 단내가 났다. 이쪽의 천막은 모두 저쪽의 천막으로 바뀌었다. 외신에도 소개된 광화문 농성 천막촌에는, 이제 평화염원집회 쪽의 촛불이 켜졌다.

금요일에도 하 경감은 형광 조끼를 걸치고 이순신 동상 아래를 순찰했다. 행인들과 눈을 마주칠 때마다 조끼라도 좀 벗었으면 하는 생각이 들었다. 버스에서 점심 도시락을 먹고 돌아오자 문득 광화문광장에 놀러 나온 시민들의 수가 한 시간 전보다 꽤 늘어났다는 느낌이 들었다. 날씨가 좋아서 그런가. 그녀는 하늘을 봤지만 우중충하고 잿빛인 게 평소와 같았다. 30분쯤 지나자 이순신 동상과 세종대왕 동상 사이를 서성이는 시민들의 숫자가 눈에 띄게 늘어났다. 아침에 비해 두 배는 늘어난 듯했다. 그녀는 불안해졌다. 지하철 광화문역 4번 출구에서 젊은이들이 우르르 올라오고 있었다.

하 경감은 무전기를 뽑았다. 그때 휴대폰 벨이 울렸다. 그녀는 한 손으론 무전기를 만지작거리며 한 손으론 휴대폰을 열어 전화를 받았다. 종로경찰서의 경비계장 전화였다.

"하 경감? 난데, 어서 서울경찰청으로 들어가 봐요."

"근무 중인데요."

하 경감이 말하는 동안에도 지하철 입구에서 스무 명쯤 되는 젊은이들이 뭉텅 쏟아져 나왔다. 그들 중 하나의 손엔 깃발을 둘둘 만 깃대가 들려 있었다.

"서울경찰청으로 가라고. 지금."

"경찰청 어디요?"

하 경감은 저도 모르게 젊은이들의 뒤를 쫓기 시작했다.

"국가위기관리센터."

하 경감은 걸음을 멈췄다. 기분 나쁜 예감에 숨이 막혀왔다.

"그런데 광장에서 지금 무슨 일이 일어나고 있는지 아십니까?"

"몰라."

계장이 화난 목소리로 말했다.

"그럼 저는 경찰청으로 갑니다."

하 경감은 잰걸음으로 광장을 가로질렀다. 갑

자기 등 뒤가 소란스러워졌다. 돌아보니 젊은이 몇이 평화염원집회 측의 천막 하나를 뜯어내고 있었다. 물 빠진 낡은 군복 차림의 배불뚝이 사내들이 고함을 치며 달려와 젊은이들을 덮쳤다. 그러자 또 다른 사내들이 어디선가 달려와 촛불집회 팻말을 흔들며 군복 차림들을 밀쳐내기 시작했다. 천막 하나가 분해되어 바닥에 흩어졌다. 고함과 비명이 터져 나왔다. 그녀는 걸음을 멈추지 않았다. 이제 저딴 일은 더 이상 자기 일이 아닌 것만 같았다.

하 경감은 세종로 공원 코너를 돌기 직전에 다시 뒤를 돌아보았다. 멀리서도 광화문 천막촌에서 난리가 난 것을 알 수 있었다. 의경들이 성난 젊은이들에게서 천막촌을 보호하고 있었지만 병력이 열세였다. 한 사내가 배를 움켜쥐고 소란한 무리들에서 빠져나오고 있었다. 핏줄기가 흘러내려 면바지를 적시고 있었다.

국가위기관리센터 사무실은 파티션도 책상들도 모두 치워지고 벽을 따라 긴 테이블들만 몇 개 놓여 있었다. 자기 일을 뺏어간 정장 차림의 사내들이 거기 좋은 의자에 줄지어 앉아 있었다. 출입문 맞은편 벽에 대형 화이트보드가 걸려 있었고, 나머지 벽들에도 현황판으로 쓰는 것 같은 보드들이 걸려 있었다. 휑하니 비워놓은 중앙엔 접이식 의자가 놓여 있었다. 하 경감은 그 앉기 불편한 싸구려 철제 의자가 자신을 위한 것이라는 사실을 보자마자 깨달았다.

"자료는 다 제출했는데요."

하 경감은 몇 가지 질문 끝에 말했다.

"다른 자료는 없어요?"

청회색 넥타이를 맨 사내가 물었다. 윤곽이 뚜렷한 얼굴에 단정하게 빗은 머리에선 윤이 흘렀다. 존대를 하면서도 위압적인 눈으로 하 경감을 내려다보고 있었다.

"없어요."

"USB가 왔어요."

청회색 넥타이의 수사관이 입술을 아주 조금만 움직이며 말했다.

"볼래요?"

사내가 고개를 돌려 눈짓을 하자, 젊은 수사관

이 노트북을 하 경감 쪽으로 향하게 하고는 동영상을 틀었다. 플라스틱맨이 말하고 있었다. 똑같았다. 돌아서면 바로 잊을 것 같은 저 평범한 인상……. 그런데 이번 동영상에는 뭔가 인상적인 멘트 같은 것이 추가되어 있었다.

"날 나로 만든 게 누굴까? 바로 자본 독재, 너희들이지."

하지만 그 정도 통찰력 있는 멘트는 누구라도 할 수 있었다. 통찰마저도 평범한 놈이었다. 하지만 동영상의 끝에 이르렀을 때, 큰 변화가 있었다. 플라스틱맨은 대통령더러 그냥 물러나라고 하지 않았다. 뭔가 색다른 요구를 덧붙였다.

"제대로 못 들었어요. 끝에 뭐라고 한 거예요?"

하 경감이 묻자 젊은 수사관이 동영상의 끝부분을 다시 재생했다. 플라스틱맨이 웅얼거렸다.

"대통령은 광화문광장 한복판에서 코끼리에게 밟혀 죽어라. 그러지 않으면 애꿎은 시민들이 또……."

하 경감은 똑똑히 듣긴 했지만 여전히 뭘 들었는지 알 수 없었고, 귀를 의심했다.

"뭘 어쩌라는 말이에요?"

"대통령더러 코끼리한테 밟혀 죽으라잖아요, 광화문광장 한복판에서."

청회색 넥타이가 말했다.

"그런 일이 일어날 리가 없잖아요."

"알면서 일부러, 실제로는 일어날 수 없는 일을 요구하는 거예요."

하 경감은 말을 잊고 눈을 끔뻑댔다.

"왜요?"

"협박을 그만두고 싶지 않나 보죠."

수사관이 넥타이를 만지작거리며 말했다.

"대통령이 할 수 있는 일을 요구해서 대통령이 요구를 따르면, 협박을 그만둬야 하니까. ……인생의 큰 재미 하나를 놓치는 거잖아요."

하 경감은 토할 것만 같았다. 당장 거지 같은 형광 조끼를 벗어 던지고 집에 가버리고 싶었다.

"날 왜 부른 거예요?"

"제일 오래 이 사건을 다뤄오셨으니까……."

하 경감은 그걸 이제야 알았냐는 듯이 고개를 까딱이며 눈을 부라렸다.

"그 사건들이 정말 저런 친구가 한 테러일까요?"

수사관은 고개를 돌려 노트북의 멈춰놓은 영상을 바라봤다.

"그런 대규모 테러를 저 어수룩하게 생긴 친구가 벌였다고 믿기엔 좀."

"내가 잡은 형사범들의 반은 저렇게 얼간이처럼 생긴 놈들이었거든요."

하 경감이 쏘아붙였다.

"우리 의견은 테러 사건들과 저 친구는 별 연관이 없다는 쪽이에요."

"저놈이 협박을 하고 테러가 일어났어요."

"우연의 일치겠죠. 버스 테러 이전에도 협박은 계속 있었잖아요. 그때는 딱히 테러라고 할 만한 사건이 없었지 않나요? 알잖아요, 담당이셨으니까."

하 경감은 잠시 입을 다물었다. 어쩐지 자기한테 책임을 떠넘기려는 더러운 수작 같았다.

"맞다 그르다 말할 수 없어요. 수사하다 말고 난 손을 놨으니까."

하 경감은 또박또박 말했다.

"내가 수사를 중단한 건 내 결정이 아니잖아요?"

수사관은 이번엔 좀 길게 넥타이를 만지작거렸다.

"저런 친구가 그런 큰 규모의 테러를 저지를 수 있다고 보나요? 우린 그렇게 보지 않거든요."

하 경감은 우리라는 말에 화가 치밀었다. 그녀에겐 그 빌어먹을 우리가 없었다.

"그럼 그러시든가."

하 경감도 그런 생각을 안 해본 건 아니었다. 플라스틱맨과 테러 사건은 아무 상관이 없을 수도 있었다. 플라스틱맨은 기껏해야 예언자 시늉을 하는 사기꾼일 수 있었다. 테러 사건이 우리 사회에서 일어날 것을 예측하고, 마치 자기가 주도한 것처럼 동영상을 꾸며 혹세무민하는 수작을 부리는 것일 수도 있었다.

"배후 조직은 있을 수 있다고 봐요."

수사관이 작지만 분명한 목소리로 말했다. 배후 조직이라……. 그런 가능성 역시 생각 안 해본 건 아니지만 플라스틱맨이 누구인지부터 알아내야 했다.

"우리가 참고할 사항은 없나요?"

"그 개그 동영상을 찾아서 전부 지워요."

하 경감이 기다렸다는 듯이 말했다.

"개그 동영상?"

청회색 넥타이의 수사관은 또 뒤를 돌아보았다. 젊은 수사관이 고개를 끄덕이더니 노트북 자판을 두들겼다. 그러곤 동영상을 찾아 그에게 보여주었다.

"저런 게 있었네?"

동영상을 끝까지 다 보고서 수사관이 소리를 높였다.

"저 동영상이 그놈한텐 아마 입천장에 박힌 생선가시 같을 거예요."

하 경감이 진심으로 말했다.

"앞으로도 저게 눈에 띌 때마다 자존심이 상해서 앙갚음할 궁리를 하겠죠."

"정 수사관, 사이버팀이랑 저거 찾아서 다 지워."

그러고 수사관은 몇 발짝 앞으로 나와 고개를 까딱했다.

"좀 일찍 동영상 얘기를 해줬으면 좋았을 텐데요."

하 경감도 일어나 고개를 까딱했다.

"누구한테요?"

하 경감은 광화문광장으로 내려갔다. 아까 있었던 소란은 흔적만 남았고 광장엔 다시 질서가 잡혀 있었다. 휴대폰으로 검색을 해보니 벌써 뉴스가 떴다. 촛불집회 시민들과 평화염원집회 시민들 사이에 난투극이 있었다, 평화염원집회 측 천막을 무단으로 철거하려던 과격 촛불집회 측의 시도가 발단이었다, 59명이 연행되어 조사를 받고 있다, 난투극 와중에 한 남자가 칼에 찔려 사망했다……. 뜯어내다 만 천막이 광장 한구석에 버려져 있었다.

하 경감은 밤 아홉 시가 넘어 몽마르트 마을의 집으로 돌아갔다. 씻고 주방에서 저녁을 먹는데 오빠 알름 씨가 왔다.

"이게 그놈이냐?"

하 경감이 주방 식탁 한편에 켜둔 노트북을, 오빠 알름 씨가 어깨 너머로 들여다보며 물었다. 노트북 바탕화면이 플라스틱맨 얼굴의 캡처 사진이었다. 바꾼다고 하면서도 미련이 남아 못 바꾼 것이었다.

"우리 직원들은 바탕화면에 자기 남자친구 사진을 깔아놓던데……."

하 경감은 알름 씨의 아쉬워하는 목소리에 고개를 끄덕였다.

"아니면 남편 사진이나. 아이 사진도 있고, 그것도 아니면 강아지나 고양이 사진을 깔더라고……."

알름 씨가 땅이 꺼져라 큰 소리로 한숨을 쉬었다.

"넌 뭐야, 이놈 붙잡아다놓고 사귈 거냐? 혹시…… 이런 얼굴이 이상형이냐?"

알름 씨가 식탁 맞은편에 털썩 앉았다. 올케 클라라 씨도 와서 앉았다. 하 경감은 이제 그 짓도 끝났다고 하고 싶었지만 입을 다물었다. 벌써 열 시였다.

"내 후배 한번 만나볼래?"

알름 씨가 겁먹은 목소리로 말했다.

"언니한테는 소개팅 좋다고 했다며?"

클라라 씨가 고개를 끄덕였다. 하 경감은 된장찌개에서 호박 조각을 꺼내다 말고 숟가락을 멈췄다.

"어떤 남잔데?"

"후배."

"그니까 어떤 후배?"

"너도 알아."

알름 씨는 휴대폰을 꺼내 사진을 열어 보여주었다. 하 경감도 기억이 났다. 오빠 초대로 집에 몇 번 왔었다. 어떤 사람인지는 어울려보지 않아 알 수 없었다. 오빠랑 한 직장에 다닌다니 실업자는 아니겠지.

"한번 보자 그래."

토요일에도 하 경감은 2교대로 광화문을 지켰다. 바로 어제 폭행사건이 일어나 사망자가 나왔기 때문에 경비 인력이 두 배로 증원되었다. 사망자는 평화염원집회 쪽 사람이었다. 범인으로 촛불집회 측이 지목되어 있었다. 사건이 벌어진 역사박물관 앞쪽 광장에는 추도 시설이 들어서 있었다. 사망자의 전신사진을 확대해 아크릴에 붙여 등신대를 만든 다음, 대통령의 등신대와 나란히 세워두었다. 사망자는 한 팔을 대통령의 어깨에 올리고 활짝 웃고 있고, 대통령은 그런 그를 바라보며 이를 드러내고 웃고 있었다.

한 사내가 추도 등신대 앞에 주저앉아 땅을 치며 "자네, 죽어서 소원을 이뤘구만!" 하고 서러운 탄식을 내뱉고 있었다. 등신대 발치에는 흰 국화들과 소주잔들이 어지럽게 흩어져 있었다.

평화염원집회의 규모도 한창때의 촛불집회 규모와 다르지 않았다. 하 경감은 박근혜 대통령의 집권을 바라는 시민들이 이렇게 많을 줄 생각도 못 했다. 탄핵이 무산되고 나서 평화염원집회 측에 자금을 대주겠다는 기업들이 줄을 섰다는 뉴스가 있었다. 그녀는 한때 촛불집회 측의 무대였던 자리에 세워진, 한 배 반은 더 커진 평화염원집회 측의 스크린을 바라봤다. 사망자가 스크린에 나와 자신은 천국에 잘 있으며, 서울 보광동 어느 교회로 꼭 가서 예수님을 영접하라고 권하고 있었다. 자신이 대통령님을 위해 죽을 기회를 예수가 주었다고 했다.

"저건 조작이 아닌데?"

하 경감 곁에 서 있던 윤 경감이 말했다. 그도 그녀처럼 성동경찰서에서 종로로 발령이 나 연초록 형광 조끼를 입고 경비를 서고 있었다. 사망자의 영상은 아무리 봐도 컴퓨터로 조작한 그래픽 영상이 아니었다.

"그죠? 죽기 전에 찍어놓은 동영상이에요."

이제 일이 어떻게 돌아가는지 알 것 같았다. 사망자는 일부러 죽었고 자신의 죽음을 이용해 시민들을 선동하고 있었다. 하 경감이 무대로 가서 증거를 확보하자고 하자, 윤 경감이 그녀의 손목을 잡았다.

"그냥 보고만 해요."

윤 경감이 무전기를 가리켰다.

"우리 일은 이제 그런 게 아냐."

여섯 시가 됐다. 다행히 아직까지 별 충돌이 없

었다. 광화문 지하보도에서 장애인협회 사람들과 집회에 방해가 되니 나가달라는 평화염원집회 측의 말싸움이 있었다는 무전이 왔었다. 그 외의 소란은 늘 있던 것들이었다. 세종문화회관 뒷길 맥줏집에서 시비가 붙어 경찰이 출동한다든가, 붐비는 화장실에서 가방을 잃어버린다든가 하는 정도였다. 평화염원집회와 촛불집회의 경계가 제법 잘 지켜지고 있었다. 일단 경찰과 경찰 버스가 청계광장에서부터 벽을 쌓고 있으니까. 한 사내가 무대에 올라 연설을 했다. 개헌을 꼭 해서 박근혜 대통령을 통일 대통령으로 만들자는 내용이었다. 그리고 바로 이 자리에 박정희 동상을 세워 대한민국의 법통을 세워야 한다고 목이 터져라 부르짖었다.

고등학생들이 학교 깃발을 들고 지하철 광화문역 2번 출구에서 끊임없이 올라오고 있었다. 교복 차림이라 멀리서도 알아볼 수 있었다. 50명이 100명으로 불어나더니 금방 2백 명이 되었다. 깃발을 보니 대충 20개 학교는 되었다. 학생들이 KT 광화문지사 앞마당을 차지하고는 대통령 하

야를 요구하는 노래를 부르기 시작했다. 처음엔 평화염원집회 쪽에서 별 반응이 없었지만, 학생들이 깃발을 치켜들고 흔들기 시작하자 조금씩 광장이 술렁이기 시작했다. 지휘관이 하 경감과 의경 몇 명을 불러 학생들에게 갔다.

"학생들은 집회 장소를 잘못 찾은 거야."

지휘관이 말했다.

"잘 찾은 거 맞는데요."

대표인 듯한 여학생이 나와 가슴을 펴며 말했다.

"광화문이잖아요."

"촛불집회는 서울광장 쪽이야, 저쪽. 거기 래퍼도 나오고 재밌다. 거기로 가."

"우린 촛불집회 아닌데요."

여학생이 그렇게 말할 줄 알았다는 표정으로 생글생글 웃었다.

"우리가 촛불을 들었나요, 손을 보세요."

여학생이 두 손을 펴 보였다. 하지만 지휘관은 유머 감각이 없었다. 그의 표정이 굳어졌다.

"여긴 평화염원집회야. 너희가 있을 데가 아니

라고.”

“우리도 평화를 원해요. 평화염원, 그거.”

여학생이 고개를 돌려 애들아, 그렇지? 하고 소리쳤다. 그러자 2백 명이 넘는 학생들이 일제히 환호성을 질렀다.

지휘관은 여학생을 노려봤다. 여학생은 그러거나 말거나 시선을 허공으로 향하더니 노래를 선창하기 시작했다.

“어둠은 빛을 이길 수 없다. 거짓은 참을 이길 수 없다. 진실은 침몰하지 않는다. ……”

지휘관은 뒤로 물러서서 무전을 보냈다.

“너희는 여기 서서 학생들을 보호해.”

그러고는 손을 들어 바닥에 보이지 않는 선을 그었다. 하 경감과 의경들은 일렬횡대로 줄을 맞춰서 학생들을 등 뒤에 두고 광장을 보고 섰다. 술 취한 한 사내가 다가와 학생들에게 삿대질을 하는 것을 의경이 밀쳐냈다. 여학생들이 많으니 참견을 하려는 변태들이 몰려들 게 뻔했다. 10분쯤 실랑이를 하고 있으니 의경 부대가 광장으로 진입했다.

의경들이 학생들을 둘러쌌다. 그러고는 최대한 접촉을 피하면서 한 발 한 발 서울광장 쪽으로 밀어붙였다. 광장 가운데가 아니라 KT 빌딩 앞마당이라 그나마 수월했다. 학생들은 발광을 했다. 하지만 작년 10월 이후로 발광하는 시민들을 매주 상대해온 경찰이었다. 뒷짐을 지고 가능한 한 눈을 마주치지 않으면서, 가슴팍을 내밀고 천천히 전진하면 대개는 물러나게 되어 있다. 폭력 없이. 그것이 경찰 제복이 지닌 권위의 힘이었다.

그래도 하 경감은 의경들과 여학생들 사이에서서 이리 치이고 저리 치이며 시달렸다. 학생들 몇몇은 머리 위로 휴대폰을 치켜들고 있었다. 뭔가 근사한 장면이 연출되길 기다리는 것이었다. 당연히 경찰 쪽에서도 증거 확보를 위해 액션 카메라로 현장을 좇으며 촬영하고 있었다. 그녀는 분노한 여학생이 의경에게 달려들 때마다 몸을 날려 떼어놓았다.

KT 광화문지사에서 중립지대인 청계광장까지 3백 미터 거리였다. 혼자서 빨리 걸으면 5분이면 갈 거리지만, 아우성치는 고등학생 2백 명을 포

위한 채 몰고 가려니 30분 가까이 걸렸다. 가다가 한 번은 포위가 뚫려 대열을 다시 정비하느라 애를 먹기도 했다. 마침내 학생들을 경찰차로 만든 벽 너머까지 무사히 인도했다. 그곳을 지키고 있던 의경들이 학생들 앞을 막아섰다.

하 경감은 원래 배치되었던 역사박물관 앞으로 돌아갔다. 일곱 시였다. 광장은 참가 인원이 늘어 이제 서 있기도 불편했다. 촛불집회 때도 이랬다. 하지만 평화염원집회가 다른 점이 있다면 사방에서 술 냄새가 코를 찌른다는 점이었다.

곧 행진이 시작됐다. 개헌 지지와 통일 대통령의 탄생을 염원하는 행진이었다. 하 경감을 둘러싼고 수만 명이 일제히 일어나 해일처럼 움직이기 시작했다. 그녀는 뒤늦게 빠져나오려고 했지만 기회를 놓쳤다. 그녀는 행진 인파 안에서 발이 묶였다. 역겨운 술내를 풍기는 사내들이 그녀의 어깨를 치고 지나갔다. 누군가 그녀의 엉덩이를 세게 움켜쥐었다. 그녀는 정신이 번쩍 들어 뒤를 돌아보았다. 표정이 어두운 사내 몇이 조용히 걸음을 옮기고 있었다. 누구도 그녀와 눈을 마주치지 않았다. 살점이 떨어져 나갈 듯이 얼얼했다. 그리고 다시 누군가 그녀의 오른 가슴을 뜯어낼 것처럼 움켜쥐었다. 그녀는 비명을 지르며 앞으로 돌아섰다. 하지만 보이는 건 사내들의 등짝뿐이었다. 가슴이 불에 덴 것처럼 아리고 쑤셔왔다. 그녀는 화를 어쩌지 못해 가장 가까운 사내의 어깨를 잡고 돌려세웠다. 하지만 바로 그 순간 누군가 또 그녀의 엉덩이를 움켜쥐었다. 그녀는 뒤돌아보려고 했지만 인파는 계속 밀려들었고 누군가의 어깨에 치인 그녀는 중심을 잃고 넘어질 뻔했다.

하 경감은 행렬을 빠져나왔다. 분노 때문에 눈도 잘 보이지 않았다. 심장은 흥분해 쿵쾅거렸다. 그녀는 광장 끝의 돌 벤치로 가 앉아서는 광화문 앞 대로를 끝도 없이 흘러가는 검은 행렬을 바라봤다. 검고 거대하고 그녀가 제어할 수 없는 것, 그녀 혼자서는 어떻게 해볼 수도 없고 막을 수도 없는 것……. 그녀가 언젠가 꿈에서 본 것이었다, 검은 해일.

하 경감은 일요일에 오랜만에 늦잠을 잤다. 꿈을 꾼 것 같지는 않은데 밤새 스피닝을 한 것처럼 몸이 노곤하고 늘어졌다. 그녀는 무거운 이마를 쓰다듬는 햇살을 실컷 즐기다 침대에서 일어났다.

욕실에서 하 경감은 잠옷을 벗고 지난밤에 그토록 끔찍했던 손자국들이 어떻게 변했는지 살펴봤다. 붉게 핏빛이 비치던 손자국들이 자줏빛으로 변해 있었다. 꼬집히고 쥐어뜯긴 자국들이 시반처럼 검게 변해가고 있었다.

하 경감은 씻고 내려와 주방에서 늦은 아침을

차렸다. 생각해보면 지난 반년 동안 주로 가족들이 남긴 밥을 먹고 살았다. 쉬는 날엔 가족들이 남긴 아침밥을, 야근한 날엔 가족들이 남긴 저녁밥을 먹었다. 그녀도 이제는 다른 식구들을 위해 삼치를 굽고 샐러드를 만들고 압력솥에 밥을 지어 함께 먹고 싶었다.

"나 밥 먹는 게 그렇게 예뻐?"

알름 씨와 클라라 씨가 또 식탁 맞은편에 와 앉아 있었다.

"솔직히 예쁘지는 않아요."

올케 클라라 씨가 답했다.

"저런 밥풀 흘렸네."

"나이가 들면 갈수록 밥풀도 흘리고 그러지."

알름 씨가 참견했다.

"입가 근육을 섬세하게 조절하는 능력이 떨어져서 그런 거야."

"난 건강해. 설마 여기서 더 건강해지기를 바라는 건 아니겠지?"

"늙어가고 있다는 말을 하는 거예요."

클라라 씨가 대놓고 지적했다. 하 경감은 식탁

건너편에서 아쉬운 표정을 하고 있는 두 사람을 바라보았다.

"내일 보자고 해."

하 경감이 말했다.

"내 후배? 정말?"

"저녁 일곱 시 반. 광화문이 좋아."

"일곱 시 반? 퇴근할 수 있겠어?"

하 경감은 고개를 끄덕였다. 그리고 침실로 올라와 다시 잠을 잤다. 꿈을 꾼 것 같지는 않았지만, 오후 늦게 낮잠에서 깼을 때 마음이 찢어질 듯 아파와 울고 싶은 심정이 되었다. 그녀는 휴대폰을 켜고 경찰서에서 온 부재중 전화가 있는지 확인했다.

하 경감은 일어나 옷장 앞으로 갔다. 그녀는 옷장 앞에 주저앉아 맨 아래 서랍을 열었다. 그러고 알프스 소녀 하이디의 챙 모자와 드레스가 든 상자를 꺼냈다. 드레스는 조카 피치에게 입히면 딱 좋을 크기였다. 모자도 피치의 머리에나 겨우 맞을 듯싶었다. 한때 소녀의 마음을 사로잡았던 박하색 프릴들이 허옇게 죽어 있었다. 허리와 겨드랑이의 오래 접혔던 자국은 흉터처럼 보기 싫었다.

"난 경찰이 되고 싶었어."

하 경감이 드레스에서 눈을 떼며 중얼거렸다.

"하지만 이렇게 살 줄은 몰랐지."

하 경감은 옷장 거울에서 자신을 노려보는 한 젊은 여성을 마주 보았다. 지치고 환멸의 감정만 남은 그 젊은 여성은, 힘이 넘치고 똑똑하고 노력파여서 되고 싶은 것은 무엇이든 될 수 있었다. 애니메이션 회사에서 원화 디자이너를 하거나 광고 회사에서 카피라이터를 할 수도 있었다. 하지만 그녀는 경찰을 선택했고 결국 여기까지 왔다. 하지만 이런 경찰이 될 줄은 몰랐다.

휠체어의 그 남자가 떠올랐다. 버스 승객들과 다 함께 죽고 싶을 만큼 제 삶이 실망스럽고 싫었던 것일까.

끝

"그래서? 갑자기 왜?"

경비계장이 사직서를 훑어보며 물었다. 하 경감은 대꾸하지 않았다.

"결혼하는 거야?"

하 경감은 저도 모르게 웃었다.

"하긴 박 경정이 자네 같은 인재를 의경 사이에 끼워서 광화문으로 내보내면 어쩌느냐고 나한테 잔소리를 하드만."

하 경감은 박 경정이 편을 들어줬다는 게 믿기지 않았다.

"곧 끝나."

계장이 사직서를 책상에 내려놓고는 하 경감 쪽으로 슬쩍 밀었다.

"시위가 얼마나 갈 거라고 생각해? 정치란 게 절대 안정도 없지만 절대 불안도 없는 법이라고. 언젠가는 자네 자리로 복귀할 수 있을 거야."

그런 생각을 하 경감이 해보지 않은 것이 아니었다. 하지만 대통령이 임기가 끝나 청와대에서 물러나더라도 죽어 땅에 묻힐 때까지 이 혼란은 그치지 않을 것만 같았다. 아니 땅에 묻히고 나서도, 박정희의 왕홀을 박근혜가 물려받은 것처럼 박근혜의 후계자가 이 피의 혼란을 물려받아 광화문광장과 서울광장의 대립은 또다시 반복될 것 같았다. 개헌을 하고, 통일을 하고, 통일을 하면 또 한 번 대통령을 하겠다고 나서 사람들을 선동할 것이었다. 듣자 하니 측근 최순실의 사면 이야기가 벌써부터 정치권에서 나도는 모양이었다.

"정말 지긋지긋한 반복이에요, 이건."

"뭐가?"

"이 헬조선식 개판요."

하 경감은 바깥으로 터진 창문으로 고개를 돌

렸다. 서울의 지저분한 스카이라인이 눈에 들어올 뿐 그녀의 마음을 달래줄 만한 건 없었다.

"그래서 어쩌겠다고? 당장 할 일도 없잖아? 내가 근무에서 며칠 빼줄 수는 있어."

하 경감은 소리 내 웃었다.

"할 일이 없어서 너무 다행이고요, 저는 오늘 여섯 시 칼퇴근입니다."

하 경감은 자리에서 일어났다. 사직서는 수리될 것이고 다시는 경찰직에 돌아올 수 없을 것이었다.

하 경감은 약속 장소인 새문안로의 이탈리안 레스토랑에 먼저 가 기다렸다. 정시 퇴근을 하고 났더니 막상 어떻게 남은 시간을 보내야 할지 몰랐다. 그녀는 일부러 안쪽 자리에 출입문을 등지고 앉았다. 경찰이 되고 나서 출입문을 등지고 앉은 적은 없었다. 선임이 그러라고 가르쳤다. 네가 잡아 교도소에 넣었던 놈이 언제 너를 따라 들어올지 모르니까 말이야. 그녀는 영화에나 나올 농담이라고 생각했지만, 바로 그 선임이 그런 놈에게 어깨에 칼을 맞았다. 하지만 이제는 경찰의 습성은 버려야 했다.

하 경감은 목을 빼고 건너편 벽에 걸린 텔레비전을 바라보았다. 뉴스에 새로운 협박 동영상에 대한 보도가 나오고 있었다. 플라스틱맨이 방송국에 USB를 보내기 시작한 모양이었다.

앵커가 흥분한 목소리로 말했다.

"일명 플라스틱맨이 또 한 번 엉뚱한 요구를 해 왔습니다. 대통령이 매일 아침 일곱 시에, 녹색 고양이에게 밥을 주어야 한다고 주문했습니다. 이게 말이 되는 요구입니까. 최 교수님, 협박범의 의도가 뭘까요?"

"녹색 고양이는 세상에 없죠. 세상에 존재하지 않는 녹색 고양이에게 아침밥을 주라는 건 애초부터 실현될 수 없는 불가능성을 전제로 한 요구입니다."

최 교수라는 남자가 카메라를 향해 눈을 부릅떴다.

"왜 하필 녹색 고양이일까요? 녹색 고양이는 과연 무엇을 상징하는 것일까요? 심오한 의미라도 있는 걸까요?"

"이건 문학이 아닙니다. 애써 상징을 해석하고 그럴 필요가 없어요."

최 교수는 다시 왕방울 같은 눈을 부릅떴다.

"이건 우리 대통령님을 향한 심각한 조롱이자 모욕이고 협박입니다. 당장 잡아 법의 처벌을 받게 해야 해요. 당장 시민들은 광화문으로 나가 대통령님을 지킵시다. 어떤 협박에도 소중한 대통령님을 내줄 수는 없다는 걸 보여줍시다."

지긋지긋한 반복이었다. 플라스틱맨은 지킬 수 없는 주문을 하고, 청와대는 콧방귀도 안 뀌고, 언론은 그 주문을 선정적으로 다루며 정신 나간 소리 취급을 하고, 그리고 꽝, 꽝……. 하지만 전과 달라진 전개도 있었다. 플라스틱맨의 말이 밈meme이 되어 떠돌았다.

"내가 누구야? 난 너희야, 너희 모두라고!"

이 밈이 전국 대학가와 인터넷 게시물을 휩쓸었다.

소개팅 상대는 일곱 시 반에 레스토랑 문을 열고 들어왔다. 강남에서 오느라 고생 좀 한 모양이었다. 둘은 인사를 나누고 하 경감은 명함을 받았다. 그녀는 이제 줄 명함이 없었다. 아까 경찰서를 나오며 경찰서 마크가 들어간 명함을 쓰레기통에 던져 넣었다. 둘은 애피타이저로 카프레제를 시키고 식전주로 리몬첼로와 아페롤을 섞은 스프리츠를 마셨다. 그녀는 식사 코스가 나오기 전에 리몬첼로를 두 잔이나 마시고 취해서는 트림까지 했다.

"술을 잘하시네요."

남자가 꿀 향이 풍기는 피자를 썰며 말했다. 하경감은 봉골레 파스타에 든 바지락을 안주 대신 골라 먹으며 와인 잔을 홀짝였다.

"이 좋은 걸 왜 참고 살았는지 몰라."

둘은 아홉 시까지 달콤한 맛이 나는 레드와인을 두 병 비웠다. 그러고는 레스토랑을 나와 4월 봄밤의 선선한 공기를 맞으며 정동길로 향했다. 보이지는 않았지만 광화문 쪽에서 또 소란이 벌어진 모양이었다.

둘은 정동길을 걷다가 덕수궁 돌담길이 보이는 곳에서 멈춰, 길가에 칠판 메뉴판이 나와 있는 카페로 들어갔다. 직장인들뿐인 카페였다.

그 시간쯤엔 하 경감이 오늘 직장을 그만뒀다는 사실을 남자는 알게 되었다. 남자는 일부러 직장 얘기는 피하면서, 그녀가 가보고 싶은 해외 여행지들에 대한 수다를 잠자코 들어주었다. 그녀는 쓴맛이 아찔한 드롭 커피를 홀짝이면서 캐나다 퀘벡주에 있는 어떤 원시림에 대한 이야기를 30분 정도 하고, 러시아 캄차카반도에서 볼 수 있다는 활화산들에 대한 이야기를 또 30분 정도 했다. 그녀는 혀가 입속을 멋대로 굴러다니는 듯한 발음으로, 자기 성질도 활화산 같고 무술 단증이 여섯 개나 있다고 누누이 강조했다.

끝의 너머로

이제 출근할 곳도, 정해진 점심시간도, 시도 때도 없이 호출하는 무전기도, 퇴근 시간도 없었지만 하윤임은 어김없이 아침 다섯 시면 눈이 떠졌다. 새벽까지 술을 마신 날에도 눈은 다섯 시에 떠졌고, 다섯 시에 일어나 집 지하실에서 필라테스로 근육을 풀어주고 스피닝 자전거를 타지 않으면 몸과 마음이 혼란에 빠졌다. 아침 일곱 시면 배가 고파왔고 정오에도, 오후 여섯 시에도 어김없이 배가 고파왔다. 활동량이 막일꾼만큼이나 많았던 그녀의 직업 때문에, 집에서 쉬기만 하는 날들이 계속되자 컨디션이 엉망이 되었다.

스트레스 받을 일이 하나도 없는데도 하윤임은 직장에 다니던 한 달 전보다 더 날카롭고 예민하고 기분 나쁜 상태가 되었다. 조카 피치에게는 어느새 성질 더러운 고모가 되어 있었다. 그녀는 원하던 대로 식구들과 다 함께 식탁에 둘러앉아 아침과 저녁 식사를 했다. 점심은 주로 클라라 씨와 했는데 덕분에 전보다 더 친밀한 사이가 되었다. 그녀의 일상에서 눈에 띄게 좋아진 점이 있다면 그 하나뿐이었다.

"나도 직장 그만두고 놀까?"

남자친구가 말했다.

"왜?"

하윤임은 덜컥 알름 씨가 걱정됐다. 얼렁뚱땅 업무를 처리하곤 하는 오빠에겐 뒤를 꼼꼼하게 챙겨줄 수 있는 후배가 꼭 필요했다.

"자기랑 같이 세끼 차려먹고 마트 가서 장 보고, 저녁엔 빔프로젝터로 다운받은 영화 보고 자기 좋아하는 미술관도 매일 다니고, 수다 떨고, 생각나면 실내 클라이밍도 같이 다니고 밤새 자기 좋아하는 와인도 마시고……."

"하루 종일 붙어 있자고?"

하윤임은 한숨이 나왔다.

"그런 일은 없을 거야, 절대."

"왜?"

남자친구가 코맹맹이 소리로 물었다. 하윤임도 오빠와 함께 사니 뭐라 할 처지는 아니지만, 남자친구에게는 확실히 엄마와 함께 사는 다 큰 남자 티가 났다.

"혼자 있을 시간이 없잖아! 혼자 있지도 못할 거면 내가 왜 직장을 관뒀겠어? 각자 혼자 있을 시간이 주어지지 않으면 1년도 못 가 우린 싸우고 헤어질걸. 내가 돌아버리면 날 감당할 수 있겠어?"

플라스틱맨의 협박은 계속됐다. 한두 주에 한 번씩 우편물이 방송국에 보내졌고, 과연 그가 했는지 증명할 수 없는 테러사건들이 일어나 희생자들을 낳았다. 대통령은 꿈쩍도 하지 않았고, 경찰의 진압은 갈수록 강경해졌고, 개헌 논의는 불이 붙었다. 광장마다 꾸역꾸역 흥분한 시민들이 몰려나왔고, 다시 협박이 방송을 타고 테러가 일어났다. 그녀가 경찰을 그만둔 뒤로도 똑같은 일들이 반복됐다.

제보는 여전히 별 성과가 없는 모양이었다. 성형수술의 가능성을 생각해볼 수 있었다. 그렇다면 놈의 옛 얼굴만 아는 가족이나 친구들은 알아보지 못할 것이다. 성형수술을 받았다면, 플라스틱맨은 기술적으로 어떤 얼굴도 가질 수 있었다. 거푸집에 플라스틱을 녹여 붓고 식히기만 하면 몇 번이고 다른 모양의 마네킹 얼굴을 성형해낼 수 있는 것처럼.

하지만 이제 하윤임이 걱정할 일은 아니었다. 그녀는 자신이 있든 없든 아랑곳없이 세상은 흘러간다는 사실에 우울해졌다. 그녀는 자신이 값어치 없게 느껴졌다. 자신은 이 세상의 변수가 아니었다. 아주 약간의 변수도 아니었다.

하윤임이 거실 소파에 누워 우울감을 달래며 드라마를 볼 때, 인천국제공항 버스 정류장에 한 여자가 내렸다. 그녀는 내셔널지오그래픽 마크가 찍힌 20인치짜리 소형 캐리어를 끌고 제1여객터미널 1층을 가로질렀다. 걸음을 뗄 때마다 하늘

하늘한 민트색 원피스 자락 아래로 가는 발목이 드러났다. 다른 한 손엔 은빛의 뱀가죽 핸드백이 들려 있었다.

여자는 혼자면서도 잠시도 입을 다물지 않았다. 걷다가 잠시 걸음을 멈추었을 땐, 감도가 낮은 휴대폰에 대고 하는 것처럼 목청을 높였다. 그녀는 에스컬레이터를 타고 3층으로 올라갔다. 에스컬레이터의 다른 승객들은 어리둥절한 표정으로 그녀가 누구와 대화를 나누고 있는지 몰라 주변을 두리번거렸다.

그중 한 승객이 3층을 순찰하고 있던 경찰 둘에게 다가갔다.

"저분이 좀 이상하더라고요."

승객은 지난봄에 있었던 성당 테러사건을 기억하고 있었다.

"어떻게요?"

이런 제보에 진력이 난 젊은 경찰이 심드렁하게 물었다.

"혼잣말을 하더라고요."

그 말에 경찰 둘은 소리 내 웃었다.

"혼잣말이라…… 혼잣말로 뭐라고 하던가요?"

"음. 자기가 사기를 당했다고. 이렇게 된 게 다 그 연놈들 탓이라고. 죽고만 싶다고. 그런 얘기였어요."

"그런 말을 혼자 해요?"

경찰들은 별일 아닐 거라고 생각하면서, 뱀가죽 핸드백을 들고 혼잣말을 하는 여자를 쫓았다. 여자가 끄는 캐리어에서 물 같은 액체가 흘러나오고 있었다. 투명한 액체가 거의 10미터나 콘크리트 바닥에 이어져 있었다. 안에서 소주병이 깨진 것 같았다. 공항에서 이따금 보는 일이었다.

"실례하겠습니다."

나이 든 경찰이 여자를 막아섰다.

"실례지만 어떤 일로 오셨는지요?"

여자의 윗눈썹이 무섭게 치켜 올라갔다. 젊은 경찰은 흠칫 놀라 몸을 뒤로 젖혔다. 나이 든 경찰도 저 정도로 사나운 얼굴은 실로 오랜만이었다.

"행선지를 말씀해주실 수 있을까요?"

나이 든 경찰이 용기를 내서 물었다.

"뉴욕이요, 뉴욕."

"이티켓 확인증 좀 볼 수 있을까요?"

여자의 눈동자가 이상하게 굴러다니기 시작했다. 눈구멍 안에서 심하게 떨기도 하고, 좌우로 빠르게 흔들리기도 하고, 흰자를 드러내며 뒤집히기도 했다.

"세상은 나한테 한 번도 괜찮다고 말해주지 않았지만,"

여자가 큰 소리로 말했다.

"나는 오늘 세상을 향해 괜찮다고, 다 괜찮다고 말해줄 거야. 말해주고 다 관둘 거야."

"예?"

젊은 경찰이 물었다.

"일단 이티켓 좀 보여주실래요?"

나이 든 경찰은 무전기를 뽑았다.

"아니, 그건 거짓말이야."

여자의 목소리가 살짝 변했다. 그녀는 톤만 조금 다른 두 가지 목소리로 혼자서 말을 주고받고 있었다.

"왜? 뭐가 거짓말인데?"

첫 번째 목소리가 항의하는 투로 말했다.

"그동안 세상이 네 잘못을 얼마나 많이 용서해 주었는지 너도 알 텐데."

여자는 두 번째 목소리를 내며 고개를 끄덕였다.

"세상이 널 정말 많이 용서해줬지. 야, 넌 세상에 신세 갚아야 해."

그러면서 여자는 경찰들이 붙들 새도 없이 바닥에 쓰러졌다. 그러고는 입에서 거품을 뿜기 시작하더니 코에서 피를 흘렸다. 젊은 경찰은 캐리어에서 흘러나온 액체가 여자의 발치에 작은 웅덩이를 이룬 것을 봤다. 나이 든 경찰은 한 발 물러서 무전기로 공항경비대를 불렀다. 하지만 그 역시 말을 다 끝맺기도 전에 피를 쏟으며 여자 옆에 고꾸라졌다. 젊은 경찰은 서둘러 뒤로 물러섰지만 그도 열 발짝을 채 옮기기 전에 신음을 지르며 쓰러졌다.

하윤임이 공항 테러사건에 대해 안 것은 드라마가 다 끝나고 권태로운 기분으로 채널을 검색하면서였다. 그녀는 자리에서 일어나지도 않았다. 그녀는 자신이 경찰을 그만두는 것으로 끝을 냈다고 생각했다. 그러면 다 잊고, 새 일을 찾고, 어쩌면 결혼을 해서 새 인생을 시작할 수도 있겠다고 생각했다.

하지만 저 한심한 비극은 하윤임의 바람과 달리 결코 끝나지 않았다. 결코 끝나지 않는 끝과 마주한 기분이었다. 플라스틱맨도, 대통령도, 광장의 시민들도, 세상도, 끝을 볼 생각이 전혀 없는 듯했다. 그녀가 스스로 목숨을 끊는다고 해도 영원히 끝은 오지 않을 것만 같았다. 그녀는 애초에 세상의 변수가 아니었고, 그녀의 삶에 아랑곳없이 세상은 끝에서 끝을 이어갈 것이었다.

작품해설

플라스틱의 시간을 살아내기 위하여

서영인

1

2016년 겨울과 2017년 봄의 뜨거웠던 기억이 아직 생생한데, 벌써 3년 전의 일이 되었다. 아니, 아직 생생하다고 선불리 말해서는 안 된다. 생각보다 금방 시간이 흘렀고, 그 사이에 많은 일이 있었으며, 그때는 예상하지 못했던 날들이 현재로 도래해 있다. 생생하다고 했지만, 그것은 여전히 붙잡고 싶은 기억의 일부일지도 모르며, 오히려 지금 절실히 확인하는 것은 그럼에도 불구하고 삶은 계속된다는 평범한 진리이다. 생생 운운

하는 회고보다 현장의 기억과 이후의 삶 사이의 시차와, 그 시차에 너무나 빨리 적응한 채 살아가고 있는 우리 자신을 똑바로 보는 일이 더 필요할지도 모른다. 『플라스틱맨』은 그런 일들을 하기 위해 경유하기 좋은 텍스트이다.

『플라스틱맨』의 시간적 배경은 2016년 10월부터 2017년 4월까지의 기간이다. 박근혜 전 대통령의 퇴진 시위가 일어나기 시작했던 무렵부터 탄핵 선고가 있고 새 대통령 선거가 준비되던 동안의 시간이다. 그리고 퇴진 시위의 현장이 소설의 주 무대가 된다. 물론 우리가 기억하는 실제 사건들과 소설이 다루는 사건이 같지 않다. 가장 두드러진 차이는 3월 10일의 헌법재판소 선고가 탄핵 결정이 아니라 탄핵 기각이었다는 설정이다. 그렇다면 이 소설은 실제와는 달리 박근혜 대통령의 탄핵이 기각되었다고 가정할 때 과연 어떤 일이 일어날지에 대한, 역사의 다른 가능성을 상상한 소설인가. 그렇기도 하고 그렇지 않기도 하다. 그렇기도 하고 그렇지 않기도 하다는 이 애매한 독후감이야말로 이 소설이 지시하고 있는 문제적인 지점일 텐데, 그 지점으로부터 과거의 기억과 현실 사이의 시차를 사유할 필요가 생겨난다.

소설이 서술하는 시점과 서술되는 시점 사이의 간극이 우선 중요하다. 소설은 2019년 10월 발표되었고, 2020년 7월 현재 출간을 앞두고 있다. 그리고 앞에서 언급했다시피 소설은 정확히 3년 전의 시간을 현재형으로 다루고 있다. 그 현재형의 실감을 돕는 것은 소설이 다루는 사건이 온 국민이 모두 경험하고 기억하고 있는 정치적 사건이었다는 점이다. 의도한 것일 가능성이 큰데, 소설의 중간에 삽입된 사진들은 그 현재형의 서술에 더 큰 실감을 더한다. 그러나 분명 소설을 읽는 지금은 그 현재형의 사건들로부터 얼마간의 시간이 지난, 그러므로 그 이후의 결과를 알고 있는 시점이다. 종종 이 소설이 일종의 예언을 하고 있다는 착각을 하게 되는데, 그것은 현재형의 과거 사건을 읽으면서 그 이후의 시간을 살고 있는 독자들의 동시감각 때문이다. 예컨대 소설 속에서 탄핵 기각 이후 진행된 광화문광장과 서울광장 사이의 갈등과 충돌을 보라. 탄핵이 기각되지 않았어도 우리는 여전히 그 갈등과 대립을 목격한다. 뿐만 아니라 합리적 근거 없는 과거 회귀 세력이라 생각했던 일부 극우 보수 집단이 광장의 한편을 점거하면서 마치 서로 성향이 다른 정치 세력의 일부인 것처럼, 그리하여 동의할 수 없지만 동등하게 인정해야 하는 정치적 주장의 일종인 것처럼 균질화되는 과정을 목격했다. 소설에서 서술되는바 촛불집회 대 평화염원집회라는 명명법은 이러한 과정을 명백하게 드러낸다. 소설에서 탄핵은 기각되었지만, 탄핵이 선고되고 실제로 집행된 시간을 살고 있는 우리의 시간 역시 정도의 차이는 있지만 소설 속의 그것과 별 차이 없이 흘러오지 않았는가. 소설의 서술이 불만스러울 수는 있겠지만, 그 불만들이 지시하는 실감을 못 본 척 넘길 수는 없다.

여기서 성급하다고 한다면 성급할 질문을 던져 볼 수 있다. 탄핵이 선고되든 기각되든 상관없이, 정의나 윤리의 감각과 무관하게 우리는 각자 주장할 뿐인 서로 다른 세력으로 광장에서 공생하고 있다는 것인가. 그렇다면 이것은 정치적 사건의 수행 과정에서 분명 존재했을 분노와 공감의 어떤 진정성도, 예측할 수 없는 시간의 결과 앞에서 무화되어버릴 수 있다는 일종의 경고인가.

2

자문자답을 시작해보자.

소설은 전 대통령 퇴진 시위의 시간과 공간을 배경으로 신뢰할 수 없는 협박 사건이 발생하면서 시작된다. 대통령이 퇴진하지 않으면 매주 한 사람씩 죽이겠다는 음성 파일이 언론사에 도착한 것이다. 그러나 협박범은 경고 메시지만 계속 보낼 뿐 실제로 협박을 실행했는지는 알려오지 않는다. 매일 사건 사고는 발생하며 범인을 잡지 못한 살인 사건, 자살이나 사고로 위장되었을 수 있는 사건들 중 어느 것이 협박범의 메시지가 실행된 결과인지 알 수 없다. 협박범은 매주 누군가를 죽였을 수도 있고, 장난처럼 메시지만 보냈을 수도 있다. 그리고 이 메시지의 주인공이 실제로 당시 시위에 나선 많은 사람들처럼 대통령의 행동에 분노하며 퇴진을 요구하는 의사표시를 한 것인지, 아니면 대통령 퇴진이라는 사회적 이슈를 장난처럼 이용한 것인지도 알 수 없다.

사건의 담당자인 하 경감은 동기도 결과도 알 수 없는 이 사건을 무조건 추적한다. 협박범이 보내온 음성 파일을 수백 번 반복해서 듣고, 혹시나 협박의 실행 결과일 수도 있는 사망 사건을 막연히 추적하며 단서를 모은다. 뉴스를 통해 음성 파일을 들은 시민들의 제보를 수집하고 신빙성 있어 보이는 제보를 수사하기도 한다. 그러나 기계음과 다를 바 없는 음성 파일은 매주 같은 말과 어조만 반복할 뿐이므로 별다른 단서가 되지 못하고, 사망 사건의 추적 역시 협박과 연결되는 계기를 제공하지 않는다. 사건은 끊임없이 일어나지만 특정할 수 없으므로 실제로 발생하지 않은 것과 같고, 범인은 매주 협박을 하지만 동기도 결과도 알 수 없으므로 사건이 성립하지 않는다.

그러므로 모종의 협박에 의해 소설이 시작되

었고, 그 협박을 쫓는 경찰에 초점화되어 소설이 진행되지만, 소설에는 범인도 없고 추적자도 없다. 특정 인물을 중심으로 진행되지 않는 소설의 양상은 진행될수록 더 극명해진다. 협박범은 점점 더 대응하기 힘든 주문을 하면서—"대통령은 광화문광장 한복판에서 코끼리에게 밟혀 죽어라. 그러지 않으면……"(215쪽)— 협박을 하고, 그 협박은 결국 애꿎은 시민 아무나를 죽일 수 있다는 선언이 된다. 협박범의 소행인지 아닌지 알 수 없는 테러가 곳곳에서 발생한다. 탄핵을 기각했던 헌법재판관 한 명이 죽었다. 버스에 탄 승객의 휠체어에서 폭발이 일어났고 버스에 탄 사람 대부분이 죽거나 다쳤다. 성당에서 신부에게 고해성사를 하겠다던 사람이 자폭했고 반경 10미터 내에 있던 사람들이 죽었다. 범인의 동기도 추적자의 활약도 없이 연쇄적으로 발생하는 사건을 통해 소설의 목적이 사건의 과정에서 원인을 찾거나 해결을 궁구하는 데 있지 않음을 알 수 있다. 범인도 추적자도 주인공이 아니다. 범행의 동기나 사건의 해결을 찾기보다는, 이 이상한 사건이 일어나는 장소 자체에 주목하는 것이 중요하다. 이를테면 우리가 살고 있는 이곳은 대체 어떤 곳인가 같은 질문이 필요하다. 그 질문 앞에서 '플라스틱의 시간'을 만나게 된다.

소설의 서두에서 제시한 '틀에 넣어 만들다'라는 플라스틱의 어원을 생각해보자. 아마도 협박범을 지칭하기 위해 고안되었을 '플라스틱맨'의 '플라스틱'은 소설이 진행되면서 이미 특정인을 지칭하는 말이 아니게 되었다. 틀에 넣어 만들어진 것처럼, 양산되고 복제되고 반복되는 행위, 개성, 혹은 시대. 플라스틱은 이 모든 것을 지칭하고 있는 것은 아닐까. "마음의 열전도율"이라는 것이 없어서 "마음의 온도"(11쪽)를 짐작할 수 없는 사람, 혹은 시대. 군중을 따라 움직이지만 그 움직임의 내면을 온전히 갖지 못한 채 제어할 수 없는 속도만이 남은 시대를 통칭하여 플라스틱이라 부르고 있는 것은 아닐까. "플라스틱맨은 지킬 수 없는 주문을 하고, 청와대는 콧방귀도 안 뀌고, 언론은 그 주문을 선정적으로 다루며 정신 나간 소리 취급을 하고, 그리고 꽝, 꽝"의 "지긋지긋한 반복"(239쪽)이라고 하 경감이 말하는 시간이 바로 플라스틱의 시간이 아닐까.

그리고 이 플라스틱의 시간은 탄핵이 기각되었다는 가정하에서만 작동하지 않는다. 확실히 탄핵이 기각되고 난 이후에 불특정 다수를 향한 테러는 집중적으로 발생했다. 그러나 협박범의 목소리가 전달되는 시점부터 조짐은 시작되었고, 크고 작은 사건들은 소설을 읽는 내내 독자의 불안을 조장한다. 그러니 현실과는 반대로 탄핵이 기각되었더라면 우리의 삶은 지금과 다르게 전개되었을까라는 질문은 여기서 더 이상 유효하지 않다. "시민들의 요구에 귀를 기울이던 행정부와 사법부의 세력들까지 편을 바꾸고 있었"(206쪽)던 것은 탄핵 기각의 효과라기보다는 언제든 유리한 쪽으로 편을 바꾸는 권력의 속성과 관련이 깊다. 다수가 올바른 편에 서서 잘못된 것을 바로잡는 정치적 행위의 순간에도 알 수 없는 분노와 원한의 폭력성이 우리의 발밑에서 일렁거리고 있었다. 그리고 그 알 수 없는 분노와 원한은 우연한 순간을 만나 폭발하며 우리를 공격한다. 어쩌면 탄핵 기각은 그 우연한 순간의 한 계기였을 뿐이지 않을까. 탄핵을 선고하고 전 대통령이 퇴진한 현재를 살고 있는 우리의 삶은 소설과는 반대로 안전하고 합리적이라고 할 수 있을까.

사건의 한가운데 있을 때 그것은 격변이지만 멀리서 볼 때 그것은 환멸이 되기도 한다. 대통령 퇴진 주장이 "우리 엄마 같은 여자가 대통령이 되는 걸 반대"(147쪽)한다는 어린아이 같은 주장으로 발화될 때, 대통령을 경멸하면서 자신의 존재를 확인하는 혐오의 한 양상이 테러로 이어질 때 우리가 겪은 사건들은 희화화되고 결국 거대한 환멸이 된다. 이 환멸에 대해 말하기가 조심스럽다. 탄핵 기각에 의해 광장의 이쪽과 저쪽이 순식간에 바뀔 수 있는 것이라고 할 때, 기각의 가정이 없는 곳에서 일어난 사건도 안전하지 않다. 100만이 모여 이루어냈던 정치적 사건 역시 언제까지나 신성한 기억으로 보존되지는 않을 것이다. 왜곡과 변질의 가능성을 걱정하며 과거의 시간을 현재로 끌어와 살아낼 방법을 고민해야 한다. 신성한 순간을 기억하는 것보다 더 중요한 일은 더 이상 신성하지 않은 시간을 살아가는 일이다. 혹은 신성하지 않은 시간들을 환멸도, 혐오도 없이 살아내는 일이다. 그런데 플라스틱맨도 하경감도 너무 환멸의 시간 안에서만 움직이고 있는 것은 아닐까.

3

그러므로 탄핵 이후에도 삶은 계속되었고, 그 계속의 결과 지금의 우리가 여기에 있다. 그 지금의 우리 옆에 하윤임이 된 하 경감이 있다. 하윤임이 선택한 삶을 좀 더 지켜보고자 한다.

하 경감이 사직서를 낸 것은 "대통령은 국가를 사유화했"고, "경찰은 집 지키는 개가 되었고 그 말단에 그녀가 있었다"(208쪽)는 자각 때문이다. "검고 거대하고 그녀가 제어할 수 없는 것, 그녀 혼자서는 어떻게 해볼 수도 없고 막을 수도 없는 것" "검은 해일"(231쪽)이 그녀를 무력감에 빠지게 했고 결국 그녀는 플라스틱맨을 좇는 일을, 경찰 일 자체를 그만두었다.

모든 일을 잊고 결혼을 하고 새 인생을 살 수 있을 것이라고 생각했으나 그럴 수 없었다. 아침 다섯 시면 눈이 떠졌고, 운동을 하지 않으면 몸과 마음이 혼란에 빠졌다. 여전히 플라스틱맨의 뉴스를 쫓고 있었고 자신이 없어도 세상은 여전히 관성대로 움직이고 있다는 사실에 우울감에 빠지기도 했다. 경찰을 그만두었으나 여전히 그는 플라스틱맨의 정체를 쫓는 시간을 살고 있다. 플라스틱맨의 협박의 영향인지 아닌지 알 수 없는 테러가 계속되고 있었고, 이번에는 공항에서 화학물 테러가 일어나 많은 사람들이 죽었다. "그녀는 애초에 세상의 변수가 아니었고, 그녀의 삶에 아랑곳없이 세상은 끝에서 끝을 이어갈 것"(250쪽)이라고 느낀 곳에서 그녀는 또다시 환멸의 시간을 이어갈 수밖에 없을 것이다.

그러나 자신이 끝낸다고 끝낼 수 없는 곳에서 여전히 살아가야 한다면, 직장을 그만두고 다른 삶을 살아보려고 했지만 플라스틱의 시간을 벗어날 수 없다면, 그 시간은 그녀에게 어쩔 수 없는 것이 아니라 절박한 것이 된다. 거기서부터 하윤임은 진짜로 다른 삶을 살기 위한 준비를 시작할 수도 있지 않을까. 경찰의 눈이 아니라 다른 사람의 눈으로, 벗어날 수 없는 환멸의 시간을 다르게 살아낼 방법을 찾아갈 수밖에 없지 않을까. 공항에서 테러가 일어나고 더 이상 경찰이 아닌 하윤임이 그 테러에 또 한 번 무력감을 느끼는 결말은, 그래서 끝나지 않은 끝의 계속처럼 보이지만, 여기야말로 우리가 감당해야 할 날들의 시작점이다. 플라스틱의 시간을 살아내기 위해 강제로라도 찾아내지 않으면 안 될 시작.

작가의 말

변곡점

* 많은 이들이 그랬듯이 2016년 겨울에서 2017년 봄에 이르는 기간 동안 나는 토요일이면 광화문광장에 나가 있었다. 처음에는 대통령이 탄핵되어 물러나리라고는 기대도 하지 않았다. 아마 기대보다는, 내가 우리 사회를 그 지경으로 만든 기성세대의 하나라는 미안함이 상당했던 것 같다.

* 나는 카메라를 들고 나가기 시작했다. 촛불집회를 사진에 담는 일 역시 딱히 뭘 찍어야겠다는 생각 없이 습관처럼 되풀이했던 것 같다. 긴 집회

시간을 덜 지루하게 보내고 싶었을 수도 있다. 그리고 해가 지났고, 기대하지 않았던 일이 일어났고, 우리 사회는 시민의식에 있어서나 위기 대응 능력에서나 역사적으로나 변곡점을 지났다.

* 나는 그 변곡점을 소설로 쓸 생각은 하지 못했다. 이미 많은 작가들이 촛불집회와 그 성과를 글로 썼고, 이 소설을 쓰며 참고했던 김예슬, 김재현 씨의 『촛불혁명』 같은 좋은 책들도 나왔다. 그러다가 무슨 이유에선가 촛불집회 당시 찍었던 사진들을 다시 볼 기회가 있었다.

* 사진들을 보며 내 마음속에 살아났던 것은 당시의 열기, 희망, 시민사회와의 일체감만이 아니었다. 당혹감, 불안감, 일이 잘못될지도 모른다는 공포도 함께 살아났다. 나는 우리 사회가 1990년대 이전으로 되돌아가 폭력적인 상황에 휘말릴 수도 있겠다고 생각했었다. 『플라스틱맨』의 이야기는 바로 그, 변곡점의 아슬아슬한 꼭대기에서 내가 보고 겪고 공상했던 것들에서 시작된다.

* 오래전에도 월간 『현대문학』에 경장편을 발표하고 단행본으로 냈었다. 그 '꼬마 한스'가 이제 인생의 변곡점을 지나 『플라스틱맨』으로 다시 책을 낸다. 윤희영 팀장과 현대문학에 감사드린다.

플라스틱맨

지은이 백민석
펴낸이 김영정

초판 1쇄 펴낸날 2020년 7월 25일

펴낸곳 (주) 현대문학
등록번호 제1-452호
주소 06532 서울시 서초구 신반포로 321(잠원동, 미래엔)
전화 02-2017-0280
팩스 02-516-5433
홈페이지 www.hdmh.co.kr

ISBN 979-11-90885-22-5 04810
978-89-7275-889-1 (세트)

* 책값은 뒤표지에 있습니다.
* 이 도서의 국립중앙도서관 출판예정도서목록(CIP)은 서지정보유통지원시스템 홈페이지(http://seoji.nl.go.kr)와 국가자료공동목록시스템(http://kolis-net.nl.go.kr)에서 이용하실 수 있습니다.
(CIP제어번호: CIP2020028886)

〈현대문학 핀 시리즈〉는 당대 한국 문학의 가장 현대적이면서도 첨예한 작가들을 선정, 월간 『현대문학』 지면에 선보이고 이것을 다시 단행본 발간으로 이어가는 프로젝트이다. 여기에 선보이는 단행본들은 개별 작품임과 동시에 여섯 명이 '한 시리즈'로 큐레이션된 것이다. 현대문학은 이 시리즈의 진지함이 '핀'이라는 단어의 섬세한 경쾌함과 아이러니하게 결합되기를 바란다.